AF221953

Amelie C. LAHOSZ

Amelie C. Vlahosz

Happy Smile

Die Lüge im Gesicht

Bibliografische Information der Deutschen Nationalbibliothek: Die Deutsche Nationalbibliothek verzeichnet diese Publikation in der Deutschen Nationalbibliografie; detaillierte bibliografische Daten sind im Internet über dnb.dnb.de abrufbar.

Herstellung und Verlag: BoD – Books on Demand, Norderstedt

ISBN: 9-783755-776758

Amelie C. Vlahosz

Happy Smile

Die Lüge im Gesicht

Roman

Für meine Arschgesichtigekegelkopffotzkuh, meine Ehefrau, meine Käsekuchenzopfzwillingsschwester, meine Animeschwester oder einfach nur meine beste Freundin, Gini (West Virginia!), mit der ich bereits einiges erlebt habe.

Du hast mir bereits durch so manch missliche Lage geholfen. Und mit dir habe ich auch schon so manchen Unsinn gemacht.

Triggerwarnung

Dieses Buch behandelt die Themen:
Mobbing, Selbstverletzung und Selbstmord.

Hilfe könnt ihr finden unter:

TelefonSeelensorge: 0800 1110111

Prolog

Der Anfang

Ich weiß nicht, wie ich anfangen soll.

Mein Leben geht jetzt schon seit sechzehn Jahren und trotzdem weiß ich immer noch nicht, wie man glücklich leben soll. Ich habe es schon so lange versucht.

Vielleicht wusste ich es einmal. Aber jetzt nicht mehr. Dennoch versuche ich es weiter.

Irgendwann werde ich es schaffen.

Oder etwa nicht?

Tag 0

Mobbing ist cool
Aber eigentlich total Scheiße

„Hallo, Schrotthaufen", begrüßen mich ein paar Jungen, aus meiner Klasse.

Ich versuche sie einfach zu ignorieren. So wie eigentlich jeden Tag ...

Immer zu, geben sie mir solche Namen. Es ist schrecklich. Und was soll ich auch schon dagegen tun? Wenn man zu Lehrern deswegen geht, bringt es nichts. Sie führen nur ein "Gespräch" mit den Tätern und das war es auch schon. Konsequenzen gibt es keine und weiter darauf geachtet wird dann auch nicht. Wirklich bringen, tut das also nichts. Und bei solchen Idioten, wie bei denen, wo es in ein Ohr rein und bei dem anderen wieder raus geht, sowieso nicht.

Ich setze mich also auf meinen Platz, wie jeden verdammten Tag aufs Neue.

Die Idioten und ich sind immer die ersten, in der Klasse -und wohl auch allgemein in der Schule, von ein paar Lehrer*innen mal abgesehen.

Super!

Na ja, aber wenigstens habe ich in dieser 23-köpfigen Klasse drei Freunde. Und eine davon, meine Allerbeste. Ständig machen wir zusammen Blödsinn, nur leider kommt sie immer erst fünf Minuten vor Unterrichtsbeginn, während ich mit diesen Idioten fünfzig Minuten vor Unterrichtsbeginn aushaaren muss.

Warum ich so früh zur Schule gehe?

Falls ich noch Hausaufgaben habe, an die ich nicht gedacht habe. Wenn es noch welche gibt, dann mache ich sie noch schnell, ansonsten versuche ich noch ein wenig in der Schule zu schlafen.

Einziges Problem dabei: die Idioten. Besonders der Oberidiot, von dieser Truppe. Bei denen kommt man im Insgesamten nicht zur Ruhe, wo auch immer man sein mag. Sobald die da sind, ist die Ruhe aus und vorbei. Ich wüsste schon gerne, ob überhaupt jemand diese Kerle leiden kann. Die Mütter tun mir jedenfalls leid. Und das nicht gerade wenig.

Ich packe meine Sachen aus, so wie immer, und gucke nach, ob wir zu heute irgendwelche Hausaufgaben haben. Scheinbar nicht.

Glück gehabt.

Dafür schreiben wir eine LK, für die ich ohnehin nicht lernen werde. Wie jedes Mal, werde ich mir vor Unterrichtsbeginn einfach nochmal meine Aufzeichnungen anschauen und das war es dann auch schon mit *Lernen*.

Ich hole mir für die restliche Zeit ein Buch raus, bis der Unterricht anfängt. Etwas, was für meine Mitschüler zu viel Gehirn beanspruchen würde, von dem sie keines besitzen.

Ihr glaubt jetzt bestimmt, dass ich hier die Böse bin, aber so ist es nicht. Irgendwann kann man halt einfach den ganzen Frust, der sich anstaut, nicht mehr ertragen. Dann muss er einfach frei gelassen werden, egal ob man will oder nicht. Das ist dann einfach nicht mehr in der Entscheidungsmacht, des Opfers. Und das bin ich: ein Opfer.

Ich habe es schon auf alle Arten versucht, dass sie mich in Ruhe lassen; ich habe sie ignoriert, mich verteidigt, drauf angesprungen, war bei unserer Vertrauenslehrerin -weswegen ich da so kritisch gegenüberstehe- ... einfach alles! Aber nie hat es was genutzt. Ich bin mit meinen Nerven blank. Wie oft ich schon darüber nachgedacht habe, es auf anderen Wegen, zu beenden. Listen habe ich mir angefertigt:

Gründe es zu tun/es nicht zu tun

Die einfachsten, die schmerzlosesten und die schönsten Arten, sich umzubringen

Testament

All sowas.

Getan habe ich es nie -was ich ständig bereue. Ich hatte nur immer schon Vorkehrungen getroffen.

Ich stelle mir oft vor, wie es wäre, wenn alles anders kommen würde. Meistens tue ich das im Unterricht. Perfekte Zeit für sowas, ich weiß.

In der Schule lernt und macht man aber eh nichts Lebensnotwendiges. Sie ist nur ein Gefängnis für Geist und Seele. Man wird in ihr erdrückt, niemand unterstützt einen, man muss die perfekte Marionette ohne Sinn und Verstand sein, die alles haargenau auf Zitieren muss. Niemand investiert in uns, obwohl wir immer als die Zukunft und besonders wichtig betitelt werden. Fördern will uns dennoch niemand. Ein System in dem alle gleichgestellt werden und nur die Fehler und nicht die Stärken beachtet werden. Gibt schon einen Grund, warum Depressionen in dieser Umgebung entstehen. Und beachtet wird das dann auch nicht. Man muss eben funktionieren. Warum sollte ich da also meine kostbare Lebenszeit verschwenden, in dem ich meiner Lehrerin beim Reden und Erklären zuhöre?

Ich spüre, wie mir etwas an meinen Kopf geworfen wird, als ich die nächste Seite umblättere. Ich reagiere nicht weiter drauf, außer, dass ich versuche meine regungslose Miene zu waren.

Ich habe keine Lust darauf, diesen Idioten, in ihre dämlichen Gesichter schauen zu müssen. Mir ist ihr dummes Lachen ja bereits zu viel. Und das muss ich mir bereits anhören.

Idioten, bleiben eben Idioten.

Ich höre, wie ihre Stühle rücken.

Ja! Geht! Bitte! Das wäre für alle eine Erlösung!, denke ich mir.

Normalerweise hüpfen sie noch in der Schule umher, also denke ich mir eben, dass sie das jetzt auch vorhaben. Nur habe ich mich da leider geirrt.

„Oh, tut mir leid, Eleniiiii, das ist mir wohl ausversehen, aus meiner Hand gefallen", lacht sich der Oberidiot kaputt, versucht dabei aber ernst zu bleiben -ein Ding der Unmöglichkeit, bei so Kerlen, wie sie es sind.

Da fragt man sich schon gerne mal, ob sie bei ihrer Geburt nicht ausversehen vom Tisch gefallen sind und dann eine Runde Fußball mit ihren Köpfen gespielt wurde.

Ich achte nicht auf ihn, sondern lese mein Buch in Ruhe weiter, auch wenn ich innerlich nur so am Kochen bin. Aus dem Augenwickel heraus kann ich erkennen, wie er mich beobachtet und dabei nicht darauf achtet, wo er einfasst.

Bitte, irgendwo her, mir egal wo her, aber es soll eine giftige Schlange auftauchen, die ihn beißt. Und sie soll so giftig sein, dass es kein Heilmittel gibt, da man innerhalb einer Minute an einem qualvollen Tod stirbt.

Auch diese Hoffnung - wie viele andere bereits davor - geht nicht in erfüllen. Würde ich doch nur in Australien und nicht in Deutschland zur Schule gehen, da würde es sicher weitaus mehr, als nur ein paar giftige Schlangen geben.

Ohne auch nur daneben zu greifen, nimmt er das zerknüllte Papier. Erneut wirft er und erneut trifft er. IM Gegenzug werfe ich ihm einen finsteren Blick zu.

„Oh, tut mir leid, da ist es mir wieder aus der Hand gefallen."

Kann der Unterricht nicht endlich beginnen? Länger halte ich das mit denen echt nicht mehr aus.

„Du solltest vielleicht mal gucken lassen, ob mit deinem Gehirn alles richtig funktioniert. Da scheint nämlich etwas ganz und gar nicht richtig zu laufen", werfe ich ihm meine Worte giftig entgegen. Wenn schon keine echte Schlange da ist, kann wenigstens ich zur Schlange werden.

„Da läuft alles besten. Da brauchst du dir mal keine Sorgen zu machen. Dafür solltest du dir bei dir selber umso mehr Sorgen machen."

„Wieso?"

„Ups, da ist es mir wohl auch aus der Hand gefallen", sagt einer der anderen Idioten, als ich den nächsten Treffer spüre.

Reflexartig drehe ich mich um, nur um in die Gesichter zwei blöd grinsender Idioten zu gucken -die genuaso wenig Hirnmasse besitze oder der ihr Gehirn zumindest wie das eines Koalas aussieht.

Ich drehe mich wieder normal um, als ich einen erneuten Treffer spüre. Blöd werde ich von der Seite vom Oberidiot angegrinst.

Wann kommt endlich Madlen? Sie ist meine beste Freundin. Und sie hilft mir mich zur Wehr zu setzen. Sie ist unglaublich. Ihr selber wurde schon viel Unrechtes angetan. In ihrer Familie gab es einen schweren Missbrauchsfall. Ihre Mutter war nicht mehr ganz bei Trost, als ihr Mann - Madlens Vater - starb. Und Madlen und ihr Zwillingsbruder hatten darunter zu leiden. Irgendwann hat ihr Bruder es nicht mehr ausgehalten und er hat sich selber umgebracht.

Mittlerweile lebt sie in einem Wohnheim. Sie kämpft sich richtig durch. Obwohl mir klar ist, dass sie selber auch schon oft mit dem Gedanken gespielt hat, sich das Leben zu nehmen, es aber nur wegen ihres Bruders noch nicht getan hat.

Ich wünschte, ich könnte auch so tapfer, wie sie sein. Aber eigentlich müsste ich das ja nicht mal, wenn diese Kerle nicht so scheiße wären. Warum sie das machen, wundert mich schon.

Weil Mobbing cool ist, auch wenn es eigentlich total scheiße ist.

Stimmt schon. Bei denen ist ja auch nicht mehr im Kopf, als scheiße.

Bevor mir auch nur der letzte Geduldsfaden reist, kommen ein paar der sogenannten Buskinder. Da hören sie endlich auf, mir Beachtung zu schenken, und fangen sofort ein Gespräch mit den dazugekommenen Leuten an.

Ich lehne mich erleichtert an meinen Stuhl zurück und lese gelassen mein Buch weiter. Kurz darauf, kommt auch schon meine Beste.

„Hallo, du verrücktes Huhn! Na, wie geht es dir? Gut durchs Wochenende gekommen?"

Freudig richte ich mich auf und lege mein Buch zur Seite.

Ich strahle ihr freudig entgegen.

Mein Lichtpunkt im Leben sind definitiv meine Freunde und Haustiere.

„HEY! Ja, das Übliche."

„Du brauchst nicht so schreien! Ist bei dir irgendwas kaputt?"

Sofort sinkt meine Laune wieder, sobald ich die Stimme von diesem Idioten, und die dazugehörigen Worte, wahrnehme.

„Und du hast mal wieder zu viel Benzin geschnüffelt, dass deine Sinne so überreagieren müssen", kontert Madlen mit gelassener Stimme, aber tödlichem Blick. Bei ihr reagieren sie nicht so, wie sonst bei mir; sie drehen sich einfach mit angesäuerter Miene weg.

Madlen geht noch nicht so lange an unsere Schule, dennoch waren wir vom ersten Blickkontakt an, ein Herz und eine Seele. Wir haben sofort den Schmerz der jeweils anderen spüren und sehen können. Eine Gabe, zu der nur die wenigsten Menschen im Stande sind. Wir konnten uns vom ersten Augenblick an austauschen. Für uns beide fiel damit auch eine unendlich wirkende Last von unseren Rücken.

Langsam dreht sich Madlen wieder zu mir um. Ob sie an ihr eigenes Leben gerade denkt, welches sie zuvor hatte und sie immer noch plagt? Sie selber litt unter Mobbing. Sie war froh, da durch zu sein, aber wenn sie sieht, wie ich behandelt werde, kommt es ihr automatisch vor, als wäre sie selber betroffen. Irgendwie ist sie es ja sogar. Sie hängt zwischen den Fronten. Sie machte sich selber zu einer Art Schutzmauer und damit automatisch selber, zu einer Zielscheibe. Nur geht niemand gegen sie. Alle haben

Respekt vor ihr. Aber mich können sie auf den Tod nicht ausstehen.

„Mach dir mal um die keine Gedanken. Bei denen läuft selber was nicht richtig. Die sind nur neidisch, weil du so intelligent bist."

Warum alle glauben, dass nur weil man viel liest, automatisch bedeutet muss, dass man intelligent sein muss, war mir schon immer ein Rätsel. Nur weil man gebildet dadurch aussieht – und auch die historischen Hintergründe auslässt -, heißt es noch lange nicht, dass man das auch ist.

Jeder Idiot kann studieren und den höchsten aller Abschlüsse machen, das muss aber nicht heißen, dass derjenige intelligent ist.

Wir sind nicht mehr im Mittelalter.

„Meinst du?" Ich sehe nicht aus, als würde ich es ihr glauben - und sie sieht auch nicht sehr glaubwürdig aus-, daher frage ich zur Bestätigung nochmal nach.

„Na klar, ich meine, guck dir die Kerle mal an. Die sind doch so blöd, dass die nicht mal wissen, wie man ein Buch richtig benutzt, oder was ein Buch überhaupt ist."

Wir sehen uns die Jungs an, wie sie versuchen Radiergummis in ihre Nasen zu stecken. Ich muss meine Lippe und die Augenbraue auf derselben Seite hochziehen. Das geschieht immer, wenn ich etwas Unglaubwürdiges sehe -etwas wie sowas eben.

„Wirklich intelligent sehen sie ja nun wirklich nicht aus", sage ich und beobachte sie weiter.

„Wie die Menschheit so weit gekommen ist und dann dennoch so etwas rauskommen kann, wundert mich schon ganz schön."

„Mich auch."

Wir werfen ihnen ein paar letzte verstörte Blicke zu und wenden uns wieder einander zu.

Kerle sind wirklich einfach nur unfassbar. Tun immer so, als wären sie etwas Besseres, doch sind dabei so dumm. Irgendwas läuft da ganz und gar verkehrt. Klar gibt es auch ein paar eingebildete Zicken, die so drauf sind. Aber bemerken tu ich dieses Verhalten nun mal eher bei Kerlen - dabei kenne ich nicht mal so viele, wobei auch kennen überspitzt ausgedrückt ist.

Ein wahres Trauerspiel.

„Hast du schon für die LK gelernt?", fragt mich Madlen (dabei kennt sie die Antwort doch (sicher) schon längst, wie immer, wenn sich mich sowas fragt) und schlägt somit ein neues frustrierendes Thema an.

Ich stöhne nur genervt.

„Also hast du wiedermal nicht gelernt?" Eigentlich ist es eher eine Feststellung, als eine Frage.

„Könnte man so sagen", gebe ich ihr eine kleinlaute Antwort, kann mir dabei jedoch nicht ein kleines verlegendes Grinsen verkneifen. Außerdem spiele ich dabei mit diesen Unterlagendingern rum, die unter den Tischen festgeschraubt sind. Ich stecke öfter meine Finger in diese vorderen Lücken. Irgendwie hat das was Beruhigendes an sich.

„Und damit meist du dann wohl: Ja, 100-prozentig! Und wie ich mich freuen würde, wenn ich bei dir abschreiben könnte, meine über alles geliebte Lebensretterin, die du bist!"

„Ja, so könnte man es auch ausdrücken. Aber das wäre ja schon viel zu überheblich oder übertrieben ausgedrückt."

„Und dennoch ist es die Wahrheit."

Ich nicke nur zustimmend. Dagegen kann ich wirklich nichts sagen, also belasse ich es mit dem Nicken einfach dabei. Sie würde mir einfach ihre Arbeit während der LK hinhalten und ich würde unauffällig abschreiben, so wie sonst auch immer.

Ich bin weder stolz noch nicht stolz darauf. Ich bin einfach zufrieden, wie es ist und fertig ist es. Und selbst wenn ich nicht bei ihr abschreiben würde, dann würde ich dennoch auf wenigstens eine Drei kommen.

Ich packe meinen Block aus, der bereits so vollgeschrieben und überfüllt ist, dass ich eigentlich einen Neuen bräuchte. Aber ich bin zu faul und auch zu vergesslich, um mir einen Neuen zu besorgen. Er ist eh mein Hefter für alle Fächer, immer wenn ich mir vornehme alles zu sortieren, denk ich eh wieder nicht dran oder denke mir, dass ich es auch später machen kann. Ich suche nach einem leeren Blatt und finde wie erwartet keins. Madlen merkt es natürlich sofort und gibt mir eins.

„Aber das war das letzte Mal", fügt sie noch hinzu, wissend, dass es sowieso nicht das letzte Mal ist, da sie das immer sagt. Wenn sie mal nicht da sein sollte, versuche ich immer so klein wie möglich, auf freie Stellen zu schreiben.

Es läutet zum Unterricht und ich schiebe den Rest meiner Sachen beiseite. Alle setzen sich auf ihre Plätze, aber niemand wird ruhiger. Die ersten platzieren schon ihre Spicker, ein paar andere beten zu Gott und wiederum andere holen ihre Aufzeichnungen raus und fächern sie sich so zu, als ob sie dadurch auf irgendeine Weise das Wissen in ihre Köpfe bekommen könnten. Mit hochgezogener Augenbraue und schüttelndem Kopf, gucke ich ihnen dabei ungläubig zu, ehe ich mich wieder umdrehe. Die Tür des Klassenzimmers ist offen und die letzten Leute kommen reingestürmt, ehe auch unser Lehrer mit angezogenen Schritten ins Klassenzimmer kommt. Seine Tasche in der rechten und seinen dicken Ordner in der linken Hand, so wie immer. Er beachtet niemanden. Die Tür lässt er einfach offen. Der Nächste zur Tür schloss sie mit einem kurzen Knall. Er stellt seine Sachen ab, ebenfalls wie bei der Tür, dass ein kurzer Knall entsteht. Alle werden still und sehen ihn erwartungsvoll an. Er richtet kurz seine Brille, bevor er uns freundlich, aber mit ernstem Gesicht grüßt.

„Na dann hoffe ich doch mal, dass ihr alle schön gelernt habt." Er guckt durch die Reihen, als würde er versuchen ein Opfer zu finden, das es vergessen oder einfach nicht getan hat.

Ich rege keine Miene; desinteressiert gucke ich nach vorne, während ich meinen Kopf seitlich auf meiner Hand abstütze.

„Aber natürlich doch!", ruft jemand aus den hinteren Reihen, als niemand mehr das Gestarre von ihm ertragen kann. Er gibt sich geschlagen und sucht einen Stapel mit Blättern aus seinem Ordner. „Wenn das so ist, dann kann es ja sofort losgehen."

Ein genervtes Stöhnen geht durch die Reihen, wovon sich unser Lehrer allerdings nicht beirren lässt. Sofort teilt er jedem ein Blatt aus, geht wieder vor zur Tafel und erklärt uns dann die Aufgaben. Zum Schluss setzt er sich hin und wir beginnen zu schreiben.

Erst fülle ich meine eigenen Angaben aus, dann fange ich unauffällig an, bei Madlen abzuschreiben. Da unser Lehrer ein paar andere Sachen bearbeitet, merkt er es gar nicht, da bräuchte ich nicht mal unauffällig abschreiben. Wenn ich mich direkt über ihre Arbeit beugen würde, dann würde er es wahrscheinlich nicht mal merken. Zumindest würde er nicht merken, wenn da nicht dieser eine Idiot wäre, bei dem ich am liebsten nichts anderes tun würde, als meine ganzen Innereien einfach auszukotzen.

„Herr Baumann! Eleni schreibt ab."

Sofort guckt er zu mir, doch ich gucke nur von meinem Blatt auf.

„Hä? Was?", frage ich und sehe abwechselnd zu unserem Lehrer und diesem Trottel. Er sieht mich ernst an. Lag da Erwartung in seinen Augen? „Elenie, stimmt das?"

„Nein! Warum sollte ich?

Und wenn er das so sagt, hört sich es wohl eher so an, als würde er abschreiben, wenn er schon nicht auf sein eigenes Blatt guckt. Dann hätte er nämlich auch Zeit dazu oder er will mir einfach nur eine schlechte Note reinwürgen, weil er mich nicht leiden kann!"

„Das stimmt doch gar nicht!", behauptet er empört, doch ich weiß es besser.

„Ach ja? Und warum behauptest du dann sowas?", will ich von ihm wissen.

Und die begründete und glaubhafteste Antwort folgt

auch sogleich. „Weil es wahr ist!?"

Ich kann nur meine Augen verdrehen.

Herr Baumann steht seufzend auf. „Alle legen ihre Stifte weg. Ich sammel alles ein und die Arbeit - eine andere - wird später nachgeschrieben. Da ich nichts gesehen habe, will ich jetzt niemandem von euch eine schlechte Note geben.

Ich gehe mal schnell ein paar Blätter kopieren. Wir machen die Stunde über etwas anderes.

Aber ein wenig bin ich schon von euch enttäuscht. Dazu noch in eurem Alter ... ich hätte wirklich besseres von euch erwartet."

Er verlässt den Klassenraum und sofort fangen alle zu tuscheln an.

„Na toll. Ich hatte von wem die Arbeit bekommen, jetzt darf ich mir neue Spicker schreiben."

„Und ich darf mir neue Sachen in meinen Kopf quetschen."

Sofort werde ich von allen Seiten böse angesehen, als wäre das alles jetzt meine Schuld.

Ich tu so, als würde ich es nicht bemerken, doch irgendwann reichen mir ihre Blicke, die sich anfühlen, als würden sie in meine Haut gebrannt werden.

Ich drehe mich so schnell um, dass ich einen kurzen Moment denke, dass ich umkippen würde, doch ich halte mich krampfhaft an meiner Stuhllehne fest, dass es niemandem auffällt und nur meine Wut zu erkennen ist. „Was guckt ihr alle mich da so vorwurfsvoll an?", schießt es wutentbrannt aus meinem Mund.

„Da fragst du auch noch?", kommentiert jemand spöttisch, ein Mädchen, das groß ist und etwas breiter -

und so ganz nebenbei eine ganz falsche Schlange.

„Ja, denn ich wüsste nicht, was ich falschgemacht habe!"

„Du hast dich erwischen lassen."

„Euer scheiß Ernst? Er hat mich verpetzt! Ihr müsstet eigentlich auf ihn sauer sein!"

"Sind wir aber nicht! Unser Zorn gilt dir. Und gegen ihn haben wir nichts, nur gegen dich. Und dann hättest du besser nicht abgucken dürfen."

„Das ist ja mal sowas von mies! So eine scheiß Doppelmoral."

„Wo soll das denn eine Doppelmoral sein?"

„Stimmt ja, ihr habt ja gar keine Moral!"

„Du kleine Schlampe hast hier mal gar nichts zu melden!"

Madlen sieht aus, als würde sie etwas sagen wollen, doch scheint sie nicht zu wissen, was sie sagen soll. Also will ich an ihrer Stelle weitersprechen. Nur komme ich nur dazu meinen Mund weit zu öffnen und kurz durchzuatmen, da kommt bereits Herr Baumann rein.

„Was ist denn hier los?", fragt er empört, doch wir geben nur ein Gegrummel von uns. Damit gibt er sich mit einem Zucken im Gesicht zufrieden, wobei man es nun nicht so als richtig zufrieden bezeichnen kann.

●●●

Der restliche Schultag sah bis jetzt nicht viel besser aus. An möglichst allen Stellen wurde ich von meinen Mitschülern und Mitschülerinnen geschnitten oder beleidigt. Ein Dasein, das ich eigentlich jeden Tag durchzumachen habe.

Aber was soll ich schon dagegen machen? Genutzt hat mir bis jetzt ja doch nichts.

Manchmal frage ich mich, ob es vielleicht besser wäre, wenn ich einfach sterben würde.

„Hast du gar keinen Hunger?", fragt mich Madlen und reist mich damit auch automatisch aus meinen Gedanken.

„Doch, ich war nur ein wenig in Gedanken versunken." Ich bringe ein kurzes Lächeln über meine Lippen, aber das war es auch schon, ehe ich einen Bissen von meinem Toast nehme.

Normalerweise bringe ich nichts mit in die Schule. Es ist selten Essen im Haus und die Zeit habe ich eigentlich auch nicht dazu mir etwas für die Schule zu machen. Dafür esse ich Mittag in der Schule und nehme mir so viel, wie die Zeit erlaubt.

„Komm, wir haben nur noch zwei Stunden, die halten wir auch noch aus."

Ich sehe in Madlens warmen Augen. „Hast recht, aber ausgerechnet an einem Montag acht ganze Stunden haben zu müssen finde ich schon etwas hart."

Wir grinsen uns an. Wenigstens wir beide können uns einander immer halt geben.

Die Pause geht schnell um -meiner Meinung nach viel zu schnell.

Aber ich sehe es lieber so: schneller um, schneller Schule aus und damit auch schneller die Idioten los.

Wir sitzen in dem stickigen Klassenraum, kein Lehrer, aber volle Lautstärke.

Wo unsere Lehrerin wohl bleibt?

Ich sehe mich um. Manche sitzen auf den Tischen und

reden miteinander, andere springen umher und zwei Sitznachbarn sehe ich, wie sie schlafen.

Madlen schaukelt auf dem Stuhl rum.

„Was ist denn?", will ich von ihr wissen.

„Ich glaube, ich muss mal."

„Aber wir hatten doch gerade Pause."

„Ja, aber du kennst doch meine Blase."

Die kenne ich allerdings wirklich gut. Wenn sie glaubt, für die nächsten Stunden nicht auf die Toilette zu müssen, dann drückt ganz plötzlich ihre Blase so dolle, dass sie glaubt, sie würde bereits auslaufen.

„Dann geh doch schnell."

„Und dann Fragen und Ärger bekommen?"

„Weniger Ärger würde es geben, wenn du sofort aufs Klo gehen würdest. Und demnächst wird wohl niemand kommen, also beeil dich lieber."

Sie nickt, steht schnell auf und stürmt nach draußen.

Ich ziehe mein Buch aus meinem Rucksack und will bereits zu lesen beginnen, da bemerke ich, wie sich jemand auf Madlens Platz setzt. Mir ist klar, dass es nicht Madlen sein kann.

„Was willst du?", frage ich den Idioten, der seinen Kopf seitlich auf seiner Hand abstützt und mir breitbeinig direkt zugewandt ist.

„Warum denn so zickig?" Ich kann sein breites Grinsen quasi auf meiner Haut spüren.

„Das weißt du ganz genau", bringe ich mit zusammengepressten Zähnen hervor.

„Liest du grade eigentlich wirklich oder tust du nur so, um mich abzuwimmeln?""

„Dich will doch jeder abwimmeln."

„Oh, wie herzlos. Und dann ausgerechnet von einer wie dir. Als ob dich jemand mögen würde."

Mit finsterem Blick drehe ich mich Blitzschnell zu ihm um und schlage dabei mein Buch zu. Er zuckt nicht mal, er grinst nur mit seinen strahlend blauen Augen.

„Was willst du eigentlich?", fauche ich ihn an.

Dieser Kerl! Ich verstehe ihn einfach nicht! Ob ihn wohl überhaupt wer verstehen mag oder kann? Wie bereits gesagt: Ich jedenfalls nicht!

„Wie wäre es denn mal mit einem freundlichen Lächeln?", stellt er mir stattdessen eine Gegenfrage.

„Für dich ganz bestimmt nicht!" Ich fühle mich beinahe so, als würde meine Magensäure in mir aufsteigen und als schwer ätzendes Gift auf ihn spritzen.

„Zicke." Er steht auf und geht weg, dazu noch mit einem so genervten Ausdruck im Gesicht, dass ich mich wirklich zurückhalten muss, ihn nicht zu schlagen!

Madlen läuft verwirrt an ihm vorbei. Und als sie zu mir sieht, wandelt er sich sofort in eine eher negative Stimmung. Sobald sie wieder auf ihrem (nun von diesem Kerl völlig beschmutzten) Platz setzt, fragt sie auch sofort drauf los. „Was wollte der denn? Er kommt doch von hier?"

„Ja, aber ich weiß es auch nicht so genau. Den versteht halt niemand." Ich seufze.

„Aber sag mal, glaubst du, dass uns dieses Weibsbild einfach vergessen hat?" Madlen sieht sich um. Eine berechtigte Frage, wäre ja nicht das erste Mal.

Wir reden noch ein wenig über andere Sachen, bis nach einigen Minuten dann doch mal endlich jemand kommt. „Ihr sollt doch jemanden holen, wenn nach 10 Minuten immer noch niemand da ist", sagt die Sekretärin seufzend.

„Ja, aber es sind ja gerade mal 9 Minuten!"

Die Sekretärin gibt es auf, bevor sie auch nur versucht, zu diskutieren, sie hat eindeutig besseres zu tun, als sich über ein paar Schüler aufzuregen.

„Woher wissen Sie denn, dass kein Lehrer da ist, wenn niemand gekommen ist?", will jemand aus der Klasse wissen (Natalie, unsere Klassensprecherin).

Die Sekretärin dreht sich zu ihr um. „Weil ihr nicht gerade leise seid und ich eine Nachricht bekommen habe."

Verwundert sehen wir sie an.

Dass sie uns hören konnte, war nicht schwer. Unser Klassenraum und das Sekretariat sind nicht besonders weit voneinander entfernt, vielleicht grade mal zwei Zimmer.

„Was denn für eine Nachricht?", kommt die nächste Frage.

„Dass ich euch diese Arbeitsblätter austeilen soll, die ihr zu Hause zu erledigen habt. Zur nächsten Stunde werden sie kontrolliert und berichtigt." Sie fängt an, den Stapel Blätter auszuteilen, den sie in ihrem Arm hält und der mir erst jetzt auffällt.

Sobald sie das letzte Blatt ausgeteilt hat, sagt sie uns das, was wahrscheinlich eh schon allen klar war. „Ihr dürft jetzt nach Hause gehen.

Habt noch einen schönen Tag."

Sie versucht aus dem Zimmer zu flüchten, ehe es die Klasse versucht, aber da hat sie Pech gehabt. Jubelnd und brüllend greifen alle ihre Sachen und stürmen nach draußen. Ich kann noch eine Lehrerin schreien hören, ob sie ihren Verstand verloren hätten.

Ich packe in Ruhe meine Sachen ein und höre Madlen sagen: „Na da hatte der Tag ja doch noch was Gutes."

Mit einem einfachen Nicken stimme ich ihr zu.

Wir verabschieden uns voneinander und laufen in Ruhe mit der nun völlig zerzausten Sekretärin nach draußen.

Ich sehe die Lehrerin, die eben noch geschrien hatte, wie sie ihren Kopf schüttelt. Sehr begeistert sieht sie nicht aus.

●●●

Mein Weg nach Hause, führt mich am Busbahnhof vorbei, leider. Denn ich muss damit automatisch auch an diesen Vollidioten vorbei.

„Wie lange noch?", fragt der Oberidiot.

„Noch fünfzehn Minuten oder so", antwortet ihm einer seiner Kumpanen. Es geht wohl um den Bus, wann er kommt.

„Hätte die nicht eher kommen können? Dann hätten wir den locker geschafft", regt sich der Oberidiot komplett drüber auf.

„Sei doch froh, dass du überhaupt eher gehen durftest", sage ich mit finsterem Blick, als ich an ihm vorbeilaufe.

Er dreht sich genervt zu mir um. Sofort ist ihm klar, wer ihm das sagt. „Halt du mal lieber dein hässliches Maul", giftet er mich an.

Ich verdrehe nur meine Augen und will meines Weges weiter gehen, da zieht er mich zu sich, indem er meine Oberarme fest umgreift. Erschrocken gucke ich in sein finsteres Gesicht, aber schnell werde ich genauso finster.

„Was soll das?", schnauze ich ihn an.

Statt einer Antwort zieht er mich zu der Busüberdachung (von allen nur als Bushäuschen bezeichnet), wirft mich dagegen (ich schaffe es gerade so mich zu halten), packt mich und drückt sich und mich dagegen.

Ich sehe ein Funkel in seinen Augen, das nichts Gutes zu verheißen hat.

Er kommt mir mit seinem Gesicht gefährlich nahe, dass ich seinen warmen Atem auf meiner Haut spüren kann. Ein unangenehmes Kribbeln entsteht dabei auf der betroffenen Stelle. „Nimm dich lieber mal in Acht und hab nicht immer so ne große Fresse", zischt er mit aufeinander gepressten Zähnen in mein Ohr.

Mein Herz macht einen kurzen Aussetzer, doch davon lasse ich mich nicht unterkriegen.

„Sagt ja der Richtige", zische ich giftig zurück.

Am liebsten würde ich ihm seine Zunge rausreißen, damit er endlich still wäre.

Meine Erwiderung gefällt ihm ganz und gar nicht. Er drückt seinen Arm weiter hoch und fester zu, dass mir das Atmen schwerfällt.

Ich ziehe meine Augenbrauen zusammen nach oben und meinen Kopf lasse ich auch weiter hoch gehen, in der Hoffnung, besser Luft zu bekommen. Kurz sehe ich in den blauen Himmel, der mir plötzlich so grau vorkommt, ehe ich nach unten auf ihn sehe. Ich stehe angestrengt auf Zehenspitzen, aber je mehr ich mich versuche nach oben zu drücken, umso schlimmer wird es, denn er lässt mir keine Ausweichmöglichkeiten.

„Was jetzt? Hast du nichts mehr zu sagen?"

Ich versuche böse zu gucken, aber schaffe es nicht, ich bin viel zu sehr damit beschäftigt Luft zu bekommen.

„Wie wäre es denn jetzt mal mit einem kleinen Lächeln? Hä? Auf so was stehst du doch bestimmt, du scheiß Ritzerkind."

„Ich ritze mich gar nicht", bringe ich mit gepresster Stimme hervor.

„Aber du würdest gerne, das weiß ich."

„Woher willst du das wissen?"

„Ich beobachte dich halt."

Meine Augen werden größer.

„Der Bus kommt!", ruft einer seiner Kumpane, die das ganze Schauspiel schweigsam und mit großen, unsicheren Augen betrachtet haben.

Er zieht sich von mir weg und ich falle hustend und nach Luft schnappend auf den Boden. Meine hellen blonden Haare, die in einem Pferdeschwanz gebunden sind, fallen dabei leicht über meine Schulter. Ein paar kurze Strähnen, die ich seitlich an einer Stirn habe, gehen gerade nach unten, mit ihren leichten Wellen. Mein Kopf muss ganz rot sein.

Der Bus hält vor den Jungs, die an dem Bordstein gelaufen sind. Ich halte mir meinen Hals. Die Tür des Buses geht auf und ein schockierter Busfahrer sieht mich an. Aber ich kann nur den Boden, das grüne Gras betrachten, das nur wenige Zentimeter - wenn überhaupt - hoch ist.

„Ist alles in Ordnung mit eurer Freundin?", fragt er mit geweiteten Augen, ohne seinen Blick von mir abzuwenden.

Leicht steigen mir Tränen in meine Augen.

„Ja, mit der ist alles gut, hat nur ihre Tage." Der Oberidiot grinst, aber ich würde am liebsten kotzen, bei seiner Antwort.

Sie stiegen ein. Nun sah ich zum Bus, mein Mund leicht geöffnet und verfinsterte Augen, und sehe diesen Kerl, wie er mich frech angrinst.

Mir gehen seine Worte durch den Kopf.

Ich soll mal lächeln. Soll ich?

Das kann er haben!

Tag 1

Wer schlau ist redet nicht
Aber die Dummen reden immer

Wer den Tag mit einem einem Lächeln
beginnt, hat ihn bereits gewonnen.
-Cicero

Ich werde von meinem Wecker aus meinen Träumen gerissen. Genervt stelle ich zum dritten Mal, die Taste, dass er mich noch fünf Minuten länger schlafen lassen soll. Doch diese fünf Minuten gehen leider viel zu schnell vorbei.

Genervt stehe ich auf. Lieber würde ich den ganzen Tag im Bett bleiben und schlafen, aber leider gibt es etwas in meinem Leben, was sich als Bildungsort bezeichnet -ganz gleich, ob er es nun ist oder nicht (was ich viel zutreffender finde). Und das darf ich leider nicht verpassen, denn auf was ich noch weniger Lust habe, als nicht schlafen zu können, ist Ärger zu bekommen.

Ich ziehe meine Sachen an, die möglich locker und bequem sind und putze mir meine Zähne.

Madlen bringt mir wieder Essen mit. Ich freue mich darüber, da ich im Kühlschrank wieder mal nichts finde. Ich muss grinsen, bei dem Gedanken an sie. Sie ist wie eine Mutter für mich, aber auch eine Schwester, aber was am meisten zählt: sie ist meine allerbeste und einzige Freundin.

Da fällt es mir wieder ein.

Heute ist der Tag gekommen. Ich werde lächeln, immer und überall. Mal sehen, wie sie das finden werden. Denen zeig ich es schon! Ich lasse mich nicht unterkriegen! Ich gehe vom Zähneputzen aus dem Bad und ziehe mir dann meine Straßensachen an.

Schnell greife ich noch nach meinem Rucksack und verlasse das leere Haus. Meine Mutter ist schon längst auf Arbeit. Es grenzt an ein Wunder, wenn ich sie mal sehe. Entweder ist sie arbeiten oder mit Freunden aus. Für mich hat sie da keine Zeit.

Ich schließe die Haustür ab und laufe los. Mein Schulweg dauert gerade mal eine halbe Stunde, aber lange genug, um mich auf das vorzubereiten, was auf mich zukommt.

Die Schule wird von dunklen Schatten umrandet, der Frost ist noch auf dem Rasen und ich stehe direkt davor.

Ich atme noch einmal tief durch, bevor ich das Gebäude betrete und fange breit zu lächeln an.

In dem Klassenraum ist es leer; ich bin die erste, die da ist.

Ich setze mich auf meinen Platz und packe meine Sachen aus.

Die ersten Sonnenstrahlen dringen durch das Fenster und werfen Licht auf alles, wodurch Schatten fallen. Ich betrachte alles interessiert. Wie das Licht nicht ohne Dunkel kann, das Dunkel aber sehr gut ohne Licht. Erstaunlich. Das beweist doch nur wieder, dass die Dunkelheit, die immer als Böses dargestellt wird, immer siegt. Was bedeutet, dass das Böse immer siegt.

Ich sollte aufhören, mir immer so viele Gedanken zu machen (und dann auch noch über sowas!).

Es ist eh egal, da ich durch Schritte, die ich von draußen wahrnehme, und die eindeutig in die Richtung zu dem Klassenraum kommen, aus meinen Gedanken gerissen worden wäre, wenn ich gerade nicht ohnehin schon aufgehört hätte.

Innerlich bereite ich mich auf das vor, was nun auf mich zukommen wird.

Die Schritte werden lauter und gleichzeitig schlägt mein Herz schneller.

Und dann höre ich schon das schreckliche Lachen, dieser schrecklichen Kerle. Sofort setze ich mir ein fröhliches Lächeln auf.

Der wird sein lächelndes Wunder jetzt erleben.

Ich lese mein Buch, aber ich kann seinen Blick spüren, der auf mich fällt, sobald er den Raum betritt. Er wird still, aber ich kann schwören, dass ich höre wie er grinst. Es kracht kurz, als er seinen Ranzen auf seinen Tisch wirft. Dann kommt er auf mich zu und mein Lächeln wird breiter, bis er fast neben mir steht.

Einen kurzen Moment denke ich darüber nach, es doch lieber zu lassen, aber nein, ich gebe nicht so schnell auf, ich ziehe das jetzt durch. Und wer weiß, vielleicht bringt es mir ja irgendwas.

Er überspringt die letzten Meter, die zwischen uns beiden sind und will mir wieder irgendwas an den Kopf werfen, doch da drehe ich mich bereits mit einem Lächeln zu ihm um. Sofort verschwindet sein Grinsen, was mich nur noch breiter lächeln lässt.

Verwirrt guckt er mich an und scheint gar nicht so recht zu wissen, was er sagen soll, ob er überhaupt etwas sagen soll, genauso geht es ihm bei einer allgemeinen Reaktion. Aber dann kommt - nach gefühlten Stunden - doch noch eine Reaktion. Nur eine leichte, aber immerhin. Ein Mundwinkel zuckt kurz. Versucht er etwa sich ein Lächeln oder Lachen zu unterdrücken?

Aber seine Augen sehen boshaft aus.

Kurz scheint er wieder zu überlegen, was er tun soll, ob er weiter darauf eingehen soll, aber da dreht er sich nur um und verschwindet mit seinen Kumpanen aus dem Raum.

Sobald sie weg sind atme ich tief durch.

Wie soll ich nur dieses Gefühl beschreiben, das ich in diesem Moment spüre? Vielleicht Erleichterung? Warum ist mir dann so zum Weinen zumute?

Ich weiß es nicht, genauso ist mir nämlich übel.

Ich trinke schnell etwas, vielleicht beruhigt es mich ja, denn meine Nerven liegen wegen diesem kurzen Moment völlig blank. Etwas zu trinken beruhigt eventuell auch mein rasendes Herz. Aber die Hauptsache ist, dass es etwas gebracht hat und ich bin einfach nur glücklich darüber, so unfassbar glücklich, wie ich es schon lange nicht mehr war. Als wäre eine unglaubliche Last von mir gefallen, die ich nicht mehr zu tragen bereit bin.

Meine Hände zittern. Ich versuche sie ruhig zu halten, aber je mehr ich es versuche, umso schlimmer wird das.

Ich schnappe mir mein Buch, vielleicht kann Lesen mich ja ablenken und dementsprechend auch beruhigen. Ich schlage das Buch auf und versuche ein paar Seiten zu lesen, aber ständig muss ich von vorne anfangen, die Zeilen zu lesen, weil ich einfach nicht aufpassen kann. Warum macht mich das so fertig? Es ist doch nur ein Lächeln.

Ich bin so aufgewühlt, kann einfach keinen klaren Gedanken fassen. Und ausgerechnet heute hat mir Madlen geschrieben, dass sie krank geworden ist und nicht in die Schule kann.

Was ein Gefühl.

Langsam sammelt sich doch wieder eine gewisse Belastung und Angespanntheit in mir.

Sollte es jetzt nicht eigentlich besser werden?

Ich schaue auf die Uhr. Bis der Unterricht beginnt,

dauert es noch eine Weile. Es sind nur einige Minuten vergangen, dabei fühlt es sich wie eine ganze Ewigkeit an.

Mein bedrückendes Gefühl wird nur umso stärker, sobald sich der Klassenraum mit Menschen füllt. Und diese haben viel mit den Idioten zu tun, die bereits von meinem Auftreten erzählt haben.

Ich spüre ihre Blicke auf mir, kann sie über mich tuscheln hören. Es ist mir unangenehm und langsam frage ich mich wieder, ob das wirklich eine so gute Idee war. Ich hätte einfach so bleiben sollen, wie immer.

Ich höre die Mädchen. Sie lachen mich aus. Und sie kommen auf mich zu. Auch wenn ich mich gar nicht mehr auf mein Buch konzentrieren kann, tue ich so, als würde ich lesen und sie gar nicht bemerken. Erst als eine von ihnen sich auf meinen Tisch mit ihrer Hand abstützt und ihren Arsch halb draufdrückt, sehe ich auf, in diesen Blick, der mir zeigen soll, dass ich immer unter ihr stehen würde, egal was ich sagen oder tun würde.

Ich bleibe bei meinem Plan, egal wie sehr mein Herz springt. Mit einem breiten Lächeln sehe ich sie an. „Brauchst tu etwas?", frage ich sie ganz freundlich mit einer Briese Gift.

„Ja, so ein Lächeln wie das da.

Warum du das nicht schon viel früher getan hast? So siehst du doch viel hübscher aus."

Wahrscheinlich, weil nicht jeden das Aussehen interessiert, wie dich, du aufgeblasene Zicke.

Ich grinse sie noch ein wenig breiter an und lege meinen Kopf schief. „Ach ja? Darauf habe ich bisher noch nicht geachtet."

„Wäre mir neu, wenn du überhaupt mal auf etwas geachtet hättest außer dir und deiner Bücher."

Ich bin schon kurz davor, sie böse anzusehen, aber ich bekomme gerade so noch die Kurve -mal abgesehen davon, dass sie sich gerade selbst widersprochen hat.

Ich sage, dass ich nicht auf *mein Lächeln* und dass ich mit einem Lächeln hübscher aussehen würde geachtet habe. Und dann sagt sie, dass es etwas Neues wäre, wenn ich mal überhaupt auf etwas achten würde, außer *mir* und meinen Büchern.
Ihre Dummheit kommentiere ich jedoch nicht. Ich bin immerhin besser als sie. Oder, nein, ich scheiß da jetzt drauf. Soll ihr mal jemand ins Gesicht sagen, was sie für eine ist.

„Gleichfalls, nur dass dir der Intellekt zum Lesen fehlt."

Sie stand von meinem Tisch auf, ohne mich auch nur eine Sekunde aus den Augen zu lassen. Eine derartige Empörung, wie sie auf ihrem Gesicht zu verzeichnen hat, habe ich noch nie zuvor irgendwo sonst gesehen.

Ein ehrliches Grinsen übermannt mich. Selbst wenn ich es gewollt hätte, hätte ich es mir nicht verkneifen können.

Sie will etwas erwidern, aber da kommt bereits unser Lehrer durch die Tür gelaufen.

Die ganze Stunde über kann ich ihren giftigen Blick auf mir spüren. Aber nicht nur ihren.

Der Oberidiot beobachtet mich.

Versucht er einen Riss in meiner Fassade zu finden? Oder will er nach etwas anderem suchen, was ihm irgendwelche Informationen über mich offenbart. Zum Beispiel warum ich plötzlich so einen Verhaltenswechsel habe.

Aber ich werde mich nicht öffnen, ich bleibe so. Ich werde sie alle anlächeln.

Für den Anfang habe ich sie verwirrt, mit dem, was ich mache.

Wie lange wird es wohl dauern, bis es wieder wie vorher ist?

●●●

In der nächsten Pause kommt er zu mir.

Wieder grinse ich ihn an. Er ebenfalls, was mich ein wenig beunruhigt, obwohl er eigentlich immer grinst.

„Seit wann hast du denn gelernt deine Gesichtsmuskeln zu benutzen?", fragt er mich.

„Was geht es dich an?" Wieder lege ich meinen Kopf schräg und lege ihn auf meinen Händen ab. Meine Ellenbogen sind auf dem Tisch abgestürzt und ein Stift ist noch in meiner Hand. Den Stift lasse ich in meinen Händen schwingen und tauschen ihn zwischen den beiden hin und her. Ich frage mich nur, ob es mich beruhigt oder ihn beunruhigt. Vielleicht ja beides. Und beides wäre gut, auch wenn ich absolut nicht nervös sein will.

Er will etwas darauf erwidern, öffnet dafür bereits seinen Mund, doch es kommt nichts raus, also schließt er ihn wieder.

„Willst du jetzt noch etwas sagen oder lieber doch nicht? Ansonsten würde ich mich jetzt wieder meinem Buch zuwenden, welches definitiv ein besserer und auch schönerer Zeitvertreib ist."

Ich warte vielleicht zwei Sekunden auf eine Antwort,

dann nehme ich mir mein Buch und lese weiter.

Er bleibt noch kurz stehen, geht dann aber wieder.

Erstaunlicher Weise rast mein Herz nicht so sehr, wie ich es erwartet hätte. Eigentlich bin ich sogar sehr ruhig.

Vielleicht bringt mir diese Veränderung ja wirklich etwas.

Es ist toll. Einmal im Leben bin ich nicht das Drecksstück, der Schrotthaufen, die Bitch oder wie sie mich sonst noch nennen. Ich werde nur angestarrt, mehr nicht. Zumindest glaube ich das, bis dieser Schultag ebenfalls zusenden geht und ich nach Hause laufe.

● ● ●

Ich muss an den Tag denken. Er war so ruhig. Ich bin ... glücklich?

Bin ich glücklich? Ich weiß nicht.

Fühlt sich Glücklichsein so an? Ich weiß nicht, vielleicht. Aber vielleicht auch nicht.

Ich bin so in Gedanken versunken, dass ich gar nicht merke, wie ich am Busbahnhof vorbeikomme. Ich merke es erst, als jemand meinen Arm packt und mich hinter das Bushäuschen zieht.

Ich bin so erschrocken, dass ich nicht mal schreie oder irgendein anderes Geräusch von mir gebe.

Ich werde an die Wand gedrückt und eine Art Déjà-vu überkommt mich. Und es ist dieselbe Person. Nur kann ich sein Gefolge nirgendwo entdecken.

„Was soll das?", frage ich ihn wütend. Ich merke es sofort und fange ruhig mit einem Lächeln von vorne an. „Was soll das?", frage ich gelassen.

„Dasselbe könnte ich dich fragen." Er grinst mich an.

Irgendwie fühlt es sich anders an als sonst.

„Und wo ist deine Gefolgsmannschaft?"

„Nenn sie nicht so."

„Ich nenne euch, wie ich will, so wie ihr es auch bei mir macht." Ich löse meine Arme voneinander, die ich die ganze Zeit über überkreuzt habe und drehe mich zur Seite, um davon zu laufen. Aber nein, auch an diesem Tag werde ich nicht in Ruhe gelassen. Nur eben auf eine andere Art als sonst.

Mit einem lauten Knall schlägt er seine flache Hand gegen das dünne Holz des Bushäuschens. Ich weite nur kurz ein wenig meine Augen, da mich dieser Schlag nur knapp verfehlt hat. Ein paar vereinzelte Haare hängen zwischen seiner Hand und der Wand, da ich sie heute offen trage und ein paar bei seiner schnellen Bewegung hinterher geflogen sind.

„Sie sind in den Rewe und holen sich noch ein paar Dinge. Ich habe allerdings noch einen Termin und bin deswegen nicht mit."

„Das interessiert mich nicht."

„Du hast doch gefragt."

„Wo sie sind, nicht was du vorhast oder sie oder warum du nicht bei ihnen bist." Ich mustere ihn von oben bis unten und überkreuze erneut meine Arme. „Und außerdem, wenn du einen Termin hast, dann kannst du mich ja jetzt gehen lassen. Da brauchst du mich nicht länger zu belagern."

„Ich soll dich gehen lassen? Einfach so?"

Ich nicke. „Warum auch nicht? Ich wüsste nicht, was ich mit dir zu tun haben wollen würde."

„So einiges."

Ich drehe mich ganz zu ihm um. „Nein, weil du ein Arsch bist." Ich kann mich nicht halten, es kommt einfach so aus mir herausgesprudelt. „Ich gehe jetzt.

Viel Spaß bei deinem Termin oder auch nicht. Ist mir bei dir ziemlich egal."

Ich versuche seinen Arm wegzudrücken, aber da kommt er mir näher und lehnt nun auch seine andere Hand gegen die Wand, wodurch er mich einkesselt. Sein Gesicht kommt meinem ganz nah, so, dass sein Atem auf mein Ohr weht. Ein unangenehmes Kribbeln entsteht dadurch. Leise flüstert er mir in mein Ohr: „Werde ich bestimmt, denn du bist mein Termin."

Mein Herz macht einen kurzen Aussetzer.

Was? Hat er das gerade wirklich gesagt? Ich muss mich verhört haben, etwas anderes kann es nicht sein.

Ungläubig sehe ich ihn an, aber er grinst nur.

„Mit einem Lächeln bist du so viel schöner. Und wirkst auch nicht mehr so ungehorsam und frech." Er fährt durch meine Haare.

Ich bin wie erstarrt.

Und dann streicht er über meine Wange.

Sofort zucke ich zusammen.

Das glaube ich einfach nicht. Das glaube ich wirklich nicht!

Dieser Bastard!

Er kommt mir mit seinem Gesicht erneut näher.

Das kann er vergessen! Mit einem Mal entkomme ich meiner Starre und schlage so stark wie möglich zu. Direkt in seine Magengrube.

Den kurzen Moment seines Schocks nutze ich, um so schnell wie möglich davonzurennen, während er sich

schmerzverkrampft seinen Bauch hält.
Ich sehe nur ein einziges Mal zurück.
Sein Kopf hoch rot und verkrampft. Das war dann wohl ein fester Schlag.
Kurz grinse ich, aber dann schaut er langsam in meine Richtung. Wenn Blicke töten könnten, dann hätte ich schneller sein müssen.
Zusammengekauert auf dem Boden, lasse ich ihn zurück
Ich höre erst zu rennen auf, sobald ich denke, dass ich weitgenug entfernt bin.

●●●

Ein seltsamer Start in meinen neuen Lebensabschnitt. Zumindest glaube ich, dass es ein neuer Lebensabschnitt ist, was auch sonst? Immerhin will ich hier etwas ändern: mein Leben, meine Zukunft und auch einfach nur diese Situation.
Es nervt mich ein Opfer zu sein, auch wenn ich versuche, nicht so auszusehen. Aber es ist wohl ziemlich offensichtlich. Die Lehrer und auch die Lehrerinnen - von denen es wesentlich mehr gibt - merken von dem ganzen jedoch nichts und die, die es mitbekommen, tun so, als wäre nichts.
Ich bin mir sicher, dass mich meine Sportlehrerin nicht sonderlich leiden kann. Und manchmal dann scheinbar doch. Aber sobald es zu Mathe kommt - dem Fach, das ich in meinem ganzen Leben nicht verstehen werde - da kann sie mich definitiv nicht leiden. Ich sie aber auch nicht.
Es gibt kaum bis nichts was mich zum Weinen bringt, aber das, das definitiv.
Ich hasse Mathe, es ist schrecklich.

Und sie sagt dann nur zu uns: „Wenn ihr Fragen habt, dann fragt mich ruhig."

Dann fragt man sie und es kommt entweder: „Guckt im Tafelwerk." oder, wenn es schon ein oder zwei Stunden sind, wo wir das Thema hatten und sie mit der vorangegangenen Antwort reagiert, dann kommt: „Ich verstehe nicht, warum ihr das immer noch nicht verstanden habt!"

Und als Topbeispiel nimmt sie die Spickerqueen, die überall nur Einsen hat, um zu sagen, dass sie es ja kann, warum also der Rest nicht?

Wie ich da die Prüfungen schaffen soll, ist mir ein wahres Rätsel.

Dass das Weib spickt merkt natürlich niemand, wobei diese Frau es einmal mitbekommen hat.

Das ging dann etwa so:

Spickerqueen guckt nach Testabgabe auf Federmappe.

Lehrerin: „Was hast du da? (- & fragt: Hast du etwa gespickt?)"

Spickerqueen: „Ach das? Nee, das ist nur ein Lernzettel."

Unglaubwürdiger Blick von der Lehrerin, welcher sagt: Ich weiß, du lügst. Ich weiß, was das ist. Aber ich werde es jetzt einfach mal dabei belassen und nichts weiter dazu sagen. „Ah ja."

Einfach unglaublich! So zum kotzen!

Aber was soll oder kann man da schon machen, außer genervt zu sein?

Ich laufe den Weg zu meinem Haus lang, langsam und in Gedanken versunken, wie immer.

Ich öffne die Tür und wie immer ist niemand außer der Tiere da. Ich bin allein, wieder mal, so wie immer.

Sofort gehe ich in mein Zimmer, um meine Sachen abzustellen.

Nächste Station: Küche.

Ich öffne den Schrank und Kühlschrank, auf der Jagd/ Suche nach etwas essbaren.

Wie immer: Nichts.

Ich gehe in mein Zimmer um ein paar Minuten später den Vorgang zu wiederholen.

Das passiert dann etwa fünf Mal, bis ich alten Toast finde und mache.

Letzten Scheiben gegessen.

Einkaufslistenerweiterung.

Als nächstes geht es zurück in mein Zimmer, wo ich mich in mein Bett lege und mich frage, was ich wohl tun könnte, bis mir einfällt, dass ich gerne dies und das tun würde, es aber nicht mache, weil ich keine Lust habe mich zu bewegen und auch nicht die Laune besitze etwas zu tun.

An sich würde ich gerne zeichnen oder einen Film gucken, aber ich fühle mich eben nicht danach, also starre ich wieder an die Zimmerdecke, meine Hände auf meinen Bauch und die Gedanken, die mir durch meinen Kopf streifen.

Der Tag läuft in meinem Kopf nochmal wie ein Film ab. Das ist immer so. So in etwa reflektiere ich meinen Tag, aber ohne, dass es eine richtige Reflexion ist. Dann schweifen meine Gedanken wieder so sehr umher; ein

Thema folgt aufs nächste, und ich ende damit, mir seltsame Szenarios vorzustellen, die eh niemals passieren werden.

Und zum Schluss übermannen mich diese Gefühle. *Ich will nicht mehr.*
Leben ist mir zu anstrengend.
Ich halte das einfach nicht mehr aus.

Ein Mal hatte ich versucht mich zu ertränken. Ich war einst zu Besuch in Ungarn bei der Tante meines Vaters. Da hatte ich gerade schwimmen gelernt mit meinen sieben Jahren. Und da bin ich auch fast ertrunken. Das Schwimmbad war voller Menschen.

Ich war draußen im Becken, obwohl ich nur in das Flache am Eingang durfte. Mir war aber zu langweilig auf ihn und meine Schwester zu warten. Also bin ich ins nächste Becken gestiegen, ein für mich großes und sehr tiefes.

Erst auf eine Anhöhe, auf der ich sitzen konnte, dann nach draußen, mitten in die starke Strömung.

Ich bin mehrfach abgetaucht, aber sobald ich Unterwasser war, da konnte ich niemanden sehen. Da waren nur meine Luftblasen und das Sonnenlicht, das das Wasser blau und hell erleuchten ließ.

Ich war meinem Ende nahe, doch ich konnte nur denken, dass das ein wirklich hübscher Anblick ist.

Am Ende zog mich eine blonde Frau aus dem Wasser.

Es kamen noch ein paar Menschen dazu und auch der Bademeister. Ich verstand nicht, was sie sagten. Mein Vater hat Ungarisch verlernt, weswegen ich es nie gelernt hatte.

Der Bademeister hatte mich mitgenommen.

Ich sah meine Schwester und meinen Vater, die völlig erstarrt waren von meinem Anblick. Schnell kam mein Vater, versuchte auf Deutsch mit dem Mann zu reden. Auch wenn er nicht wirklich etwas sagen musste. Der Mann sah ihn und überreichte mich einfach weiter.

Manchmal frage ich mich ... Nein eigentlich nie, es fällt mir beim darüber nachdenken nur auf ... Was wohl wäre, wenn sie mich nicht gesehen hätten? Meine Schwester hat meinen Ärger mit mir teilen müssen, denn wir durften nicht mehr ins Wasser. Erst nach langer Zeit durften wir in ein Babybecken, das in der Nähe unserer Raststelle war.

Das Schwimmbad war fast leer, als er mit uns in das tiefe Becken ging, in dem ich fast ertrunken wäre. Dort übte er mit uns schwimmen.

Im Gegensatz zu diesem Erlebnis, sah der Selbstmordversuch nicht so schön aus. Es war kein Sonnenlicht, nur das erstickende Gefühl, das mich wieder an die Oberfläche zwang.

Ein Fehlschlag.

Aus dem Grund lasse ich es auch nicht als Selbstmordversuch zählen.

Ich fing Listen an, diese Listen, die mir die schmerzlosesten und einfachsten Arten des Sterbens vorgaben.

Einfach sterben.

Einfach ganz tief fallen lassen.

Und dann wäre alles aus und vorbei.

All mein Leiden, all mein Schmerz und diese ganzen

anderen negativen Gefühle.

Ich fühle mich erschöpft und niedergedrückt, verloren, allein.

So einsam.

Ich weiß, dass ich immer meine Schwester dahabe, die für mich da ist, doch es ist dennoch so zum Verzweifeln.

Mir wäre es lieber, wenn ich keine Depressionen (auch wenn ich es selber nicht gerne so sage, Selbstdiagnosen nehme ich nicht ernst -ob nun wahr oder nicht) hätte, das würde alles einfacher machen.

Aber das Leben ist nicht einfach. Es ist ein scheiß Dreckhaufen, der dich immer wieder zudem versucht zu machen, was es selber ist: Scheiße.

Ich kann einfach nicht verstehen, nicht nachvollziehen, warum alle so vom Leben begeistert sind und es so in den Himmel loben.

Mir ist immer klar gewesen, dass es scheiße ist.

Menschen sind scheiße.

Und mir war auch immer klar, wie es um mich steht, doch ich dachte mir immer, dass meine Probleme nicht so schlimm sind, wie die von anderen, wie Kindern, die im Krieg Leben oder anderen. Ich will mich auch niemals im Mittelpunkt von irgendwas stehen sehen. Ich hasse es, im Mittelpunkt zu stehen.

Ich will nicht angesehen werden.

Ich will für mich sein.

Ganz alleine, unsichtbar, nicht existent.

So stelle ich es mir am besten vor. Für jeden. Denn ich treffe immer die falschen Entscheidungen, egal was ich mache, es ist falsch. Das setzt mich unter Druck.

Wie kann ich es denn richtig machen?

Wenn ich glaube, dass es richtig ist, dann ist es eigentlich falsch.

Einfach schrecklich.

Leben ist so schön.

Dieses Lied von Eisblume, das mir durch den Kopf geht, es wirkt falsch. Ein schönes Lied, fand ich als Kind schon, wo ich den Sinn vom Inhalt und vom Video noch nicht verstanden habe. Doch ich weiß, dass ich selber in dieser Situation bin.

Aber wie will ich Hilfe bekommen, wenn ich nichts sagen kann?

Ich schweige.

Niemand versteht es.

Warum muss ich etwas mit Worten bestätigen, was so offensichtlich ist? Warum braucht jeder Worte zum Verstehen? Reicht ein Bild nicht aus?

So will ich es nicht.

Ich bettle nicht.

Lieber keine Hilfe als so.

Und ich will auch nicht über alles reden müssen. Ich will nur, dass jemand für mich da ist, auch so, ohne alles wissen zu müssen.

Wissen ist Macht und diese kann verletzen.

Warum versteht niemand, dass ich das nicht riskieren will, noch mehr verletzt zu werden? Ich habe nicht die Kraft um nach Hilfe zu rufen.

Warum sagt dieses Lied, dass ich nur Hilfe bekomme, wenn ich etwas sage? Ich kann das nicht. Und es bringt auch eh nichts. Es wäre nur Nerven- und Zeitverschwendung.

Mein Leben ist einfach anders.

Ich bin anders.

Ich muss unter dieser Intoleranz der Menschen leiden.

Ich muss es einfach selber schaffen, sonst werde ich es nie schaffen.

Wer Hilfe gibt, erwartet immer eine Gegenleistung. So einfach ist das. Also sollte man sie am besten gar nicht erst annehmen, sonst wird es am Ende vielleicht noch viel schlimmer, als ohnehin schon.

Ich suche nach unserer Katze, doch scheinbar ist sie draußen und stromert rum.

Dann eben ein Huhn.

Ich laufe raus zum Hühnerstall. Dort sehe ich sofort ein paar Köpfe in die Höhe schießen. Sobald ich die Tür öffne kommen alle angerannt. Sofort greife ich mir eins der Federtiere und setze mich vor die Tür. Sanft streiche ich über die weichen Federn.

Nach kurzer Zeit setzt sich das braune Tierchen auf meinen Schoß. Meine hübsche, kleine Hanu. Sie ist eine der liebsten Hühner, die ich je hatte.

Ich liebe Hühner.

Sie sind so lustige, süße, schöne Tiere. Ohne Hühner würde ich es wahrscheinlich nicht aushalten. Sie beruhigen mich. Und sie werden sogar als Therapietiere verwendet. Und ich kann nur zustimmen, dass sie einem helfen. Wenn ich mich schlecht fühle, dann gehe ich immer zu ihnen. Und ich weiß nicht mehr, wann ich das letzte Mal glücklich oder von ganzem Herzen fröhlich gewesen bin.

Ich bin hier ständig. Immerzu fühle ich mich verletzt, traurig, schlecht, zerstört.

Ich will einfach nicht mehr leben, nicht mehr existieren. Aber dann halte ich eines von diesen wundervollen Wesen und ich kann wenigstens für einen kurzen Moment die schreckliche Welt um mich herum vergessen.

Neugierig gucken die anderen, ob ich etwas zu Fressen für sie habe. Ich greife ich meine Jackentasche und hole eine Hand voll Erdnüsse heraus. Hühner lieben Erdnüsse über alles, so wie alles, was auch nur annähernd wie Salat aussieht.

Manchmal schaue ich ihnen Stunden lang zu, aber heute nicht. Nach einer Weile setze ich Hanu wieder auf den Boden und verlasse meine Lieblinge, nachdem ich ihnen noch eine Hand voll Erdnüsse hinhalte, um die sie sich sofort streiten.

Zurück in meinem Zimmer, lege ich mich wieder in mein Bett. Ich muss noch Hausaufgaben machen, aber lieber würde ich gar nichts machen.

Ich kann mich in diesem Zustand einfach nicht konzentrieren. Dennoch mache ich sie, nur so, dass ich möglichst wenig machen muss, aber dennoch erledige ich sie -auch wenn ich mich wiederhole.

Ich habe keine Lust, wieder blöd gemacht zu werden von den Lehrern. Dafür werden sie sich sicher darüber aufregen, dass ich es so schlecht gemacht habe. Die sollen froh sein, dass ich es überhaupt gemacht habe. Ich bin nämlich psychisch einfach zu nichts im Stande, dennoch versuche ich mit meiner letzten Kraft noch was hinzubekommen. Aber ich bin ja nur eine Schülerin; ein Roboter im System, der zu funktionieren hat.

Wenn man nur so sozial wäre, wie es Deutschland behauptet zu sein. Dann würde man auch auf die psychisch Kranken besser achten, sowie auf die physischen Kranken geachtet wird. Wo viele Physische ja sogar durch Psychische entstehen. Da kann es ja nur eine Win-win-Situation geben.

Aber Sterbehilfe ist ja auch verboten. Hier lässt man die Menschen eben gerne leiden.

Was nun? Ich liege wieder im Bett, starre wieder einmal die Zimmerdecke an.

Wie spät es wohl ist? Die Sonne geht unter.

Wie lange habe ich hier schon rumgelegen? Ich weiß es nicht.

Meine Schwester ist sicher auch schon da, so wie meine Mutter.

Wann habe ich das letzte Mal etwas gegessen? Habe ich überhaupt Hunger? Hunger? Ich weiß nicht. Ich fühle einfach nichts. Als wäre ich gar nicht real.

Bin ich Einbildung Meiner Selbst? Ist das möglich? Ich denke wieder einmal zu viel nach. Ich denke immer zu viel nach. Ein großes Problem von mir. Deswegen bekomme ich nie etwas vom Unterricht mit. Wenn ich lese bekomme ich allerdings mehr mit, als wenn ich es nicht tue. Schon irgendwie seltsam.

Ich ziehe meinen Schlafanzug an.

Heute war ein wahrlich seltsamer Tag. Wenn ich morgen wieder lächle, ob dieser Tag dann auch so seltsam werden wird? Bitte nicht.

Aber ich will auch nicht wieder dumm gemacht werden oder sonst irgendwas Verletzendes, egal welcher Art. Ich will einfach nur in Ruhe gelassen werden.

Am liebsten wäre es mir, wenn sie mich ignorieren würden. Dann könnte ich einfach meine Bücher lesen oder mit Madlen zusammen reden oder so, ohne dass uns jemand nerven würde. Und auch ohne jemanden, der mich immer mehr an den Abgrund; an meinen Selbstmord und damit mein Ende drängt.

Vielleicht ist es ja aber gerade das, was sie wollen. Sie wollen mich tot sehen, ohne dass es mit ihnen in Verbindung gebracht wird.

Sie würden dann zu Mördern werden, die glücklich ihr Leben weiterleben könnten und sich wahrscheinlich das nächste Opfer suchen würden, ohne je dafür die Konsequenzen tragen zu müssen. Und sicher auch, ohne, dass es sie jemals interessieren würde.

Das lasse ich nicht zu! Ich habe noch genug Willenskraft. Ich bin noch nicht gebrochen. Ich halte das aus! Ich bleibe am Leben, möge kommen, was da wolle.

Und wenn es dann doch so seltsam wird? Oder vielleicht sogar noch seltsamer?

Was soll's?

Ganz egal, was passieren wird, die können sich sicher sein, dass ich mir nichts gefallen lasse. Da können die sich ganz sicher sein!

Tag 2

Alle nehmen es sich einfach,
leben freudig ihr Leben und
müssen nicht leiden
Aber bei mir ist es anders

So ist das Leben und so muss man es
nehmen, tapfer, unverzagt und lächelnd -
trotz alledem.
- Rosa Luxemburg

Madlen ist wieder in der Schule. Sie ist völlig verwundert, von meinem neuen Anblick.

„Was ist denn mit dir passiert?", fragt sich mich mit großen Augen, nachdem sie mich eine ganze Weile angestarrt hat.

„Ich probiere mal etwas Neues aus."

„Etwas Neues?"

„Ja, sieht man doch! Einfach mal Lächeln."

Ihr herzhaftes Lachen erfüllt unsere Stimmung. Ihre Augen glänzen mich an, nachdem sie ihren Kopf beim Lachen nach hinten geworfen und ihre Finger in die Stuhllehne gekrallt hat, auf dem sie seitlich sitzt. „Wie bist du denn jetzt darauf gekommen? Und warum machst du das ausgerechnet, wenn ich nicht da bin? Ich hätte wirklich gerne die blöden Gesichter von allen gesehen! Gemeinheit!"

„Da kam wirklich was zusammen und auch sehr Seltsame."

„Erzähl mir alles! So detailliert wie möglich. Ich will es mir so gut und bildhaft wie möglich vorstellen können."

„Das mache ich besser in der Pause. Der Unterricht geht jeden Augenblick los."

„Ist gut. Ich will eh nicht mitten drin aus einem solchen Spaß gerissen werden. Aber noch etwas ..."

„Ja?"

„Ich finde es super, dass du jetzt so lächelst. So gefällst du mir am besten.

Nur schade, dass ich dein Lächeln jetzt mit anderen teilen muss."

●●●

Ihre Worte hatten mich schon ein wenig überrascht und ich musste sie mir den ganzen Unterricht über durch meinen Kopf gehen lassen, dass ich von diesem überhaupt nichts mehr mitbekommen habe. Erst als ich Madlen in der Pause alles genaustens erzählt habe, konnte ich auf andere Gedanken kommen. Was irgendwie surreal ist, weil es ja dieses Thema ist.

Ein paar Kinder aus den unteren Klassen sehen uns seltsam an, weil Madlen von ihren Vorstellungen so schlimm lachen muss. Ich kann nicht lange zu den Kindern gucken, da schlägt sie mir gegen meine Schulter, während sie sich den Bauch hält und ihren Oberkörper nach hinten lehnt.

Ich falle wegen der Schläge - die mich wirklich erschrocken haben - fast von der Bank, direkt den kleinen Hügel hinunter, auf der sie und noch eine andere Bank stehen. Meine Augen weiten sich, aber einen Ton gebe ich nicht von mir, nicht mal ein Lufteinziehen.

„Beruhige dich mal wieder, die Kinder gucken schon", sage ich als ich wieder mein Gleichgewicht gefunden habe.

„Die Kinder? Die interessieren mich doch nicht! Die sollen lieber ihre dummen Spiele weiterspielen." Demonstrativ guckt sie die Kinder an, die sich sofort wieder von uns abwenden. „Ein Blick reicht und sofort ziehen sich die kleinen Scheißer wieder zurück." Wieder muss sie zu lachen anfangen, aber diesmal schlägt sie glücklicherweise nicht gegen meine Schulter, sondern auf ihren Oberschenkel.

Mein Herz fängt wieder unangenehm zu pochen an, als hätte ich eine Feder im Inneren. Unauffällig drücke ich mir auf meine Brust und tu so, als würde ich meinen Ellenbogen nur auf mein Bein abstützen wollen. Um diesen Husten zu unterdrücken, der dabei immer entstand, wenn mein Herz sich so seltsam verhält, halte ich meine Luft an. Nach etwa zwanzig Sekunden ist es verschwunden und Madlen hat zum Glück nichts davon mitbekommen. Ihre Augen sind immer noch geschlossen und ihr Lachen so laut, dass sicher bald die Direktorin - mit ihren langsamen Schritten - rausgetrampelt kommt, um in ihren Büro nicht gestört zu werden.

„Du bist echt so bescheuert", sage ich.

Sofort hört sie auf zu lachen, was ihren belustigten Ausdruck aber nicht aus ihrem Gesicht verschwinden lässt. Sie wischt sich einfach nur ihre Lachtränen aus ihren Augenwinkeln.

Sie packt mich an meiner ihr zugewandten Schulter. „Jetzt hab dich mal nicht so. Ich will da doch auch nur meinen Spaß haben."

„Da sage ich ja auch nichts dagegen, du sollst es halt einfach nicht übertreiben."

„Wo übertreibe ich denn?", fragt sie empört, worauf ich sie nur mit hochgezogener Augenbraue ansehen kann. Ein Blick der sagt: *Willst du mich verarschen?*

„Hör auf mich so anzugucken, du weißt ganz genau, dass ich das nicht mag."

„Schon gut.

Wir sollten uns langsam mal auf machen. Der Unterricht geht bald weiter."

Wir laufen zu der Eingangstür, gerade rechtzeitig zum Klingeln. Oder sollte ich lieber pünktlich zum Klingeln sagen?

Wir laufen jedenfalls durch die Tür und sofort fühle ich mich beobachtet.

Ein Schauer läuft meinen Rücken hinunter und ich sehe mich um, nur um etwas weiter hinter mir auf dem Schulhof diesen finsteren Blick zu sehen, der mich durchbohrt. Mir wird sofort eiskalt bei seinem Anblick. Er nimmt mir sicher noch die Sache mit dem Schlag übel. Was hat er jetzt vor?

● ● ●

Den ganzen restlichen Tag fühle ich mich unwohl. Ganze Zeit drehe ich mich unauffällig um, um zu sehen, ob er irgendwelche Anstalten macht, irgendein Vorgehen gegen mich auszurichten. Aber er guckt nur gespannt auf die Tafel, auch wenn ich seine Blicke in meinem Rücken spüren kann, sobald ich mich wieder in Richtung Tafel wende. Es ist mir schrecklich unangenehm. Aber von meinem Plan lasse ich mich deswegen dennoch nicht abbringen.

Ich lächle immer und durchgängig.

Ich musste mich wirklich erst daran gewöhnen. Meine Muskulatur hatte mir bereits nach wenigen Minuten wehgetan und es fühlt sich so an, als hätte ich einen Muskelkater im Gesicht. Es ist besser geworden, aber dennoch ist der Schmerz da.

Wie können das andere nur so lange aushalten, ohne

Schmerzen oder wenigstens ein stechendes Gefühl in ihren Wangen oder Mundwinkeln zu haben?

Madlen bekommt von meinem Problem absolut nichts mit. Sie ist zu sehr auf die Aufgaben konzentriert. Sie ist eine richtige Streberin. Durchgängig lernt sie, während ich nicht einmal die Nerven dazu besitze, mir meine Aufzeichnungen anzusehen. Wir sind völlig verschieden, aber dennoch beste Freundinnen.

Na ja, fast.

Ein paar Ähnlichkeiten gibt es dann doch miteinander. Aber das sind auch eher nicht so schöne Gemeinsamkeiten. Verbunden im Schmerz, wie ich so gerne sagte.

●●●

Zu meiner Verwunderung passierte nichts, den ganzen restlichen Tag, auch nicht auf meinem Nachhauseweg.

Ich setze mich in mein Bett und starre die Decke an. Mein Blick wandert nach unten, meinen Körper lang, bis ich an meinen Armen hängen bleibe. Sie sind fast weg, aber die hauchdünnen, silbernen Striche sind dennoch da. Klein, kaum bemerkbar, aber da.

Am Anfang hatte ich mit rotem Stift immer eine Schnittwunde auf meine Pulsader gemalt, aus der Blut quoll. Immer wenn es mir richtig scheiße ging. Es beruhigte mich einfach. Manchmal war es allerdings auch so schlimm, dass ich mich versuchte mit allmöglichem zu verletzen, was in meiner Nähe war: Stifte, scharfes Plastik, ... einfach das, was mir in die Hände kam.

Leider kam es nie zu richtigen Schnitten, nur Rötungen

und ein wenig abgekratzter Haut, die leicht brannte.

Eines Tages hatte ich ein kleines Küchenmesser geschenkt bekommen.

Es war perfekt.

Ich hatte eines Tages wieder, dieses Gefühl in mir, diese Unruhe. Es aufzumalen half nicht mehr, also nahm ich mir das Messer und schnitt zu.

Irgendwann wurde mir klar, dass es nichts bringt, mich selbst zu verletzen. Ich fand es aber so schön zu sehen, wie eine Wunde entstand und ich ihr dabei zusehen konnte, wie sie heilte. Ich dachte, wenn diese Wunde heilt, diese vielen kleinen Wunden, die ich mir zufüge, dann muss die Wunde in meinem Inneren doch auch irgendwann heilen. Doch so ist es nicht.

Sie ist niemals geheilt. Das wurde mir leider bewusst. Und es macht mich kaputt.

Ich versuche möglichst zu verbergen, dass ich depressiv bin. Ich will kein falsches Mitleid. Wenn mich niemand akzeptiert wie ich bin, ohne die Wahrheit zu kennen, dann brauchen sie auch nicht so zu tun, als wären sie nette Menschen, wenn sie die Wahrheit kennen. Brauch und will ich nicht.

Ich streiche über die Linien.

Narben für die Ewigkeit.

Tränen laufen mir über mein Gesicht. Habe ich wieder einen Anfall? Nein, es ist alles in Ordnung. Nur Tränen, kein Hyperventilieren.

Es ist alles in Ordnung.
Beruhige dich.
Es ist nichts passiert.

Du hast keinen Grund, dich so zu verhalten, versuche ich mich zu beruhigen.

Dieses Gefühl überkommt mich einfach zu oft. Ich bin oft unmotiviert. Ich will etwas tun bin aber zu unmotiviert, um mich überhaupt zu regen. Das geht mir zu oft so. Ich will etwas gucken, lesen oder malen, aber ich besitze keine Motivation, um es durchzuziehen. Dann liege ich einfach nur auf meinem Bett und gehe meinen leeren Gedankengängen nach, bis ich mich dann doch mal dazu kriege, etwas auf YouTube oder so zu gucken.

Ich lebe einfach nur vor mich hin. Habe keine Ziele vor Augen. Frage mich nur, wann das alles endlich vorbei sein wird. Manchmal halte ich es überhaupt nicht mehr aus und dann bricht es aus mir heraus. Dann dauert es erst einmal eine Weile, bis ich mich wieder beruhigt habe. Aber es hilft, denn dann habe ich wenigstens einen kleinen Ballast von mir werfen können. Auch wenn es erst gar nicht so weit hätte kommen dürfen.

Ich habe nichts damit zu tun, dass es mir so schlecht geht. Die Außenwelt ist daran schuld. Aber sie wollen es nicht einsehen und machen alles nur noch schlimmer. Sie mögen mich nicht, wegen etwas, zu dem sie mich gemacht haben. Sie hassen ihre eigene Kreation.

Ich lebe nicht, ich vegetiere. Ein Wese das existiert, aber nicht da ist.

Und da ist auch schon das nächste Problem: Man sieht, dass bei dieser Person etwas nicht stimmt, macht es schlimmer und erwartet dann von dieser völlig leblosen, entnervten Person, die zu noch kaum etwas in der Lage ist, dass sie sich Hilfe sucht, die in fast allen Fällen abgelehnt wird, nur halbherzig gegeben wird oder alles nur noch schlimmer macht.

In wie vielen Fällen ist es wirklich hilfreich? Also lieber einfach alles weiter so hinnehmen, weil es so wahrscheinlich eh am besten ist und das für alle Beteiligten (außer die betroffene Person, denn für sie wird es nie besser sein, gar nichts).

Und ich bin es auch.

Ein Opfer.

Und mit mir wird es sicher auch bald zu Ende gehen, wie mit den meisten, wenn sich nichts ändert. Wenn diese Leute sich nicht ändern, denn sie sind das Problem. Aber ich weiß, dass sich nichts ändern wird. Und wenn ich sterbe, dann wird sich für sie nichts ändern. Nur ein Problem, ein Dorn in ihrem Auge, wird verschwinden. Sie werden da sein und sich fragen, wer ich überhaupt war. Sie werden mich vergessen. Ich bin einfach eine unwichtige Person, die bereits zu ihren Lebzeiten nicht existiert hat. Nur der Dreck auf dem Mann rumtrampelt. So ein Getrampel, wie ich außerhalb meines Zimmers hören kann.

Meine Schwester ist wohl gerade auf Futterjagd oder sie muss mal.

Von draußen höre ich ein Auto einparken. Meine Mutter ist zurück.

Fünf Minuten später werde ich von einer wütenden Stimme gerufen.

Ich laufe in die Küche, von der aus meine Mutter mich gerufen hat.

„Warum ist der Geschirrspüler noch nicht ausgeräumt?", fragt sie mich und funkelt mich dabei böse an.

Ich wusste nicht mal, dass er durch ist, ich gehe so selten in die Küche; ich verlasse mein Zimmer so selten. Ich mache mich einfach daran ihn auszuräumen und dann wieder in mein Zimmer zu stapfen.

Sie ist so genervt, seit sie mit diesem neuen Kerl zusammen ist.

Wenn er sie so frustriert und wütend macht (was sie dann an uns auslässt, weil er nicht da ist), warum macht sie dann nicht einfach mit ihm Schluss?

Ich fühle mich in meine Kindheit zurückversetzt, wo sich meine Eltern immer so laut gestritten haben, dass ich Angst hatte, sie würden zu uns in die Zimmer kommen und uns schlagen. Bei meinem Vater hatte ich sowieso immer Angst, dass er uns schlagen würde. Er war schon immer aggressiv und hat mit allem um sich geworfen, was er in seine Finger bekommen hat. Dabei ist nicht selten etwas kaputt gegangen. Aber meine Eltern scheinen sich nicht mehr an diese Zeit erinnern zu können, oder versuchen meine Erinnerungen als falsch oder anders abzutun. Für ein kleines Kind jedoch ist es sehr prägsam.

In meinem Zimmer angekommen, lasse ich mich zurück in mein Bett fallen. Mein Bett ist mein treuster Freund. Es würde mich niemals verlassen -nur leider muss ich es andauernd verlassen.

Vielleicht sollte ich ja doch nicht von einer Brücke springen, sondern zu viel Schlaftabletten nehmen und ruhig in ihm einschlafen, dann würde ich es bis zu meinem Tod nicht verlassen. Dann kann meinen nicht vorhandenen Kindern und Enkelkinder gesagt werden: „Sie ist in Ruhe und in Frieden in (oder doch lieber bei) ihrem besten Freund (und dem Bett sollte dann wohl auch besser hinzugefügt werden) eingeschlafen." Und alle würden sagen wie toll ich doch war und sobald man sie fragen würde, was denn so toll an ihr war, würde niemand antworten können. Alle haben das nämlich nur aus Höflichkeit gesagt und nicht, weil sie mich so gut gekannt haben. Und sie würden sich fragen, was sie überhaupt mit mir zu tun haben. Dann würde es sein, wie mit meinem Opa und mir und meiner Schwester: kein Kontakt, und Interesse dazu ist nicht vorhanden, weil wir ihn eh nicht mögen, da es ihm nicht auf uns, sondern auf unsere Noten und unsere spätere Berufswahl ankommt. Und er versucht uns zu seinen Wünschen zu leiten, obwohl wir bereits wissen, was wir später mal machen wollen.

Ich werde eines Tages eine verbitterte alte Jungfer, wenn ich es nicht schaffe, mich zu töten, falls ich vorher gerettet oder wiederbelebt werden würde.

Ich glaube zwar nicht, dass es irgendwer tun würde, aber Notärzte sind dazu verpflichtet. Ich weiß die Abneigung gegenüber Selbstmördern und Menschen, die sich selbstverletzen.

Aber da ist das nächste Problem: man sieht einfach nicht, was dahintersteckt. Die Psyche wird einfach nicht beachtet. Sie sehen immer nur das, was sie *sehen können* und alles andere ist unwichtig. Sie sind nämlich nur da, die Verletzung zu behandeln, nicht die Auswirkung davon.

Vielleicht sollte ich ja mal ein Buch schreiben, wenn ich die Nerven dazu habe und die Motivation und das nenne ich dann: wie ich meinen Selbstmord plante oder so. Das ist zumindest das Erste, was mir in den Sinn gekommen ist. Ich werde es sicher noch ändern, aber fürs erste lasse ich den Namen, bis mir etwas Besseres einfällt.

Die Tage bis zu meinem Tod wäre vielleicht auch ein guter Name. Da werde ich die Tage bis zu meinem Selbstmord einfach runterzählen.

Ich schnappe mir meinen Zeichenblock und mache mir Musik an. Sofort fange ich an ein blutendes Mädchen zu zeichnen. Ihre Pulsadern sind aufgeschnitten, aus denen das Blut quillt. Ihre Augen sieht man nicht, aber ihre blutroten Tränen, die ihre Wangen runter laufen. Es ist ein schwarz-weiß-Bild, das Blut ist jedoch leuchtend rot.

Endlich habe ich wieder eine Beschäftigung gefunden.

Es dauert etwa fünf Stunden, bis ich fertig werde. Die Sonne ist bereits untergegangen.

Wie spät ist es? Ich nehme mir immer vor, früher ins Bett zu gehen, da ich immer müde bin. Was ich eigentlich *immer* bin egal, ob ich ganz lang, lang, kurz oder ganz kurz schlafe, weswegen es auch egal sein sollte, wann ich schlafen gehe, doch manchmal schlafe ich auch fast ein, ob im Unterricht oder Zuhause. Dann muss ich auch mal einen Mittagsschlaf machen, weil ich so übermüdet und erschöpft bin.

Lustig, dass es so ist, wenn man bedenkt, dass ich mich eigentlich gar nicht bewege und dementsprechend auch weniger Energie verbrauche. Ich könnte dazu ein Gedicht schreiben, das in etwa so gehen würde:

Ich bin müde
Doch beweg mich nicht
Bin erschöpft
Doch ich tu einfach nichts
Ich bin am schlafen
Doch werd' immer müde sein
Will ich schlafen
Werd' ich plötzlich nicht mehr müde sein
Doch werde ich mich immer müde fühlen
Hab' keine Energie
Doch mein Körper liegt nur rum
Was ist los?
Bin wohl bereits Tod betrunken
Bin halb tot und halb lebendig
Doch bin ich da und auch nicht
Und so werd' ich immer ermüden und ermüdend sein
Denn der Schlaf, der holt mich immer ein

Hübsch, nicht wahr?

Gedichte schreiben ...

Ich sollte Dichterin werden - und damit einen Hungerlohn verdienen - die es zu Lebzeiten einfach zu nichts bringt, aber wenn ich dann tot bin ganz berühmt werden.

Welch ein Todesplan!

Andere haben Lebenspläne, ich habe Todespläne.

Vielleicht sollte ich ja Dichterin und Sängerin werden, obwohl ich meine Stimme furchtbar finde und andere bestimmt auch. Aber ich habe auch schon ein paar Lieder geschrieben, geleitet von meiner Depression. Nur Melodien zu finden ist irgendwie schwierig.

Aber mal kurz zu Thema Energie zurück.

Wir haben in Mathe eine Dokumentation geguckt, da wurde gesagt je kleiner, umso mehr Energie wird benötigt und je größer umso weniger Energie wird benötigt.

Ich bin klein, benötige ich deswegen mehr Energie, obwohl ich kaum Bewegung habe? Meine Organe benötigen ja dennoch Energie.

Ach, egal! Ändern kann ich ja daran eh nichts!

Ich packe meine Schulsachen, obwohl ich das normalerweise immer mache, wenn ich aufstehe. Aber ich schlafe gerne so lang wie möglich, daher packe ich es jetzt noch schnell.

Ich habe in der Schule nie Essen mit, weil ich früh immerzu vergesse, es einzupacken. Manchmal vergesse ich es auch nicht oder packe mir Kekse oder so ein, etwas, was nicht so einfach schlecht werden kann.

Ich lege mir schon einmal meine Sachen für morgen neben mein Bett.

Ich ziehe mich immer im Bett um. Da ist es schön warm. Wenn ich meinen noch-zehn-Minuten-Wecker anmache, dann lege ich meine Sachen auch manchmal mit unter meine Decke, um sie anzuwärmen.

Meine Mutter schläft sicherlich schon. Ich sehe sie nur selten, aber wenn sie da ist, dann ist sie gestresst, genervt und wütend, da geht man ihr dann lieber aus dem Weg. Wenn irgendwas mit mir ist, dann gehe ich immer zu meiner Schwester, sie ist mir die größte Unterstützung. Ich wüsste nicht, was ich ohne sie machen würde. Außerdem versteht sie mich. Sie selber leidet auch unter Depressionen. Bei uns beiden ist es nicht nur umweltbedingt, sondern auch genetisch.

Unsere Oma ist ebenfalls depressiv. Und Depressionen sind (mittlerweile) bekannterweise ja erblich.

Ich habe mich schon öfter gefragt, ob meine Mutter vielleicht auch Depressionen hat. Ihr sagen, dass ich welche habe, würde ich aber nie. Sie würde es entweder abtun (wie vieles, wenn ich ihr sage, dass ich wo Schmerzen oder so habe, wo sie dann immer nur genervt antwortet: „Ihr seid so verweichlicht! Kommst du nicht einmal mit ein wenig Schmerzen aus?") oder genervt sein. Kleine Anmerkung (ohne jetzt rumheulend zu klingen): Ich habe so gut wie jeden Tag Schmerzen -physisch und psychisch. Ich weiß schon gar nicht mehr, wie ein Leben ohne sie ist.

Trotzdem werde ich mich weiter an diesen Plan halten. Ich sollte Lächle-Sport (kann man das so nennen oder gibt es dafür schon einen Namen? Keine Ahnung! Auch egal) machen, dann tun mir meine Mundwinkel vielleicht nicht mehr so weh. Aber wenn ich ohnehin ganze Zeit dann am Lächeln bin, warum sollte ich dann Sport dazu machen? Wird das da dann nicht nur schlimmer? Mal gucken. Ich lächle zu wenig, um davon eine Ahnung zu haben.

Jetzt bin ich schon wieder in so viel Gedankengespräche versunken. Manchmal denke ich mir auch einfach Situationen aus und rede dann Gedanklich mit Personen. Aber in echte führe ich nur Selbstgespräche in meinem Kopf. Wäre aber auch seltsam, wenn ich in meinem Kopf keine Selbstgespräche führen würde, sondern noch wer mit mir reden würde.

Da habe ich wieder so ein seltsames Gesicht beim Denken gemacht! Das ist immer so. Wie abgeschaltet; ohne Kontrolle macht mein Gesicht seltsame Grimassen, wenn ich in Gedanken versunken bin. Ich würde das am liebsten abstellen. Aber wie soll man etwas abstellen, worauf man keine Kontrolle hat? Ob sich andere wohl auch so viele Gedanken machen, wie ich es *immer* tue? Es ist wie ein Fluch, mit dem ich nicht aufhören kann. Und dann verliere ich den Anschluss in der Realität.

Ich stelle mir beispielsweise ein Gespräch plötzlich mit jemandem vor. Ich schreibe gerne Bücher, da lasse ich dann meistens die handelnden Personen sprechen. Wie in etwa in *plötzlich berühmt* als sie zusammen gegessen haben:

„Ich bin totaler Rot Weiß Fan.“

Und dann kommt die Hauptfigur zu ihren beiden besten Freunden und fragt: „Geht es gerade um Pommes?“

Woraufhin ihre Freundin ihr antwortet, nachdem sie sich gesetzt hat: „Nee, geht glaube um Fußball oder so. Irgendein komischer Verein.“

Und der Kumpel ganz empört sagt: „Das ist kein *komischer Verein* und auch nicht irgendeiner!“

Und die Hauptfigur nur sagt: „Sobald es sich um Fußball dreht, drehen alle durch. Die sind alle ein ganz verrückter Haufen.“

Und soweit und sofort.

Ich persönlich bin ja nicht so ein Fußballfan.

Ich hatte aber einen Sticker gesehen, zu Rot Weiß Erfurt. Und bei Rot Weiß musste ich sofort denken: Rot Weiß? Ketchup? Majo? Und das habe ich sie dann auch einfach denken lassen. Ich brauche nur etwas anzusehen und sofort offenbart sich mir eine komplette, neue Welt, die sich in meinen Gedanken dann selber weiter ausbaut.

Ich schreibe und zeichne gerne, manchmal singe ich auch.

Als ich noch nicht in meinem Tief war, da bin ich auch zu einer Tanzschule gegangen, wo es auch Aufführungen gab.

Eine schöne Zeit.

Ich glaube auch, dass das die einzige Zeit ist, in der ich noch mit freundlichen Armen aufgenommen wurde.

Ich hatte mich mit einem Mädchen namens Alicia besonders gut verstanden. Ich fand sie wirklich hübsch, mit ihren braunen Haaren und dieses leuchten türkis wirkenden Augen. Braune Haare hören sich vielleicht langweilig an, aber *so ein* braun, wie bei ihr, habe ich vorher noch nie gesehen. So hell, aber irgendwie auch unglaublich dunkel. Etwas wie das, kann man einfach nicht mit Worten beschreiben. Man kann es nur versuchen und dann an diesem Versuch scheitern.

Ich schreibe ihr manchmal noch. Wir haben also Kontakt gehalten, aber keinen richtigen. Eben nur ein ab und zu schreiben. Es reicht mir dennoch aus, um sie als meine Freundin zu bezeichnen. Ich gebe mich eben mit wenig zufrieden. Das sollten meiner Meinung nach alle. Aber Menschen sind gierig.

Mittlerweile ist es in meinem Zimmer stockfinster.

Ich ziehe mir schnell meinen Schlafanzug an und schlüpfen dann ganz schnell unter meine Decke, in dem ich zuerst auf mein Bett hüpfe, als würde ich auf der Flucht sein. So gesehen war ich das auch, wenn man meinem Inneren da sein zusieht.

Ich stelle mir vor, wie da etwas unter meinem Bett ist,

nach mir greift und mich hinunterzieht, wenn ich auch nur eine Sekunde davorstehe.

Alle haben diese Macke, da bin ich mir sicher, weil jeder eine Urangst besitzt. Und in dem Fall ist es Unwissen, über eine eventuelle Gefahr. Und während dieser Gefahr fängt mein Magen ekelhaft zu kribbeln an.

Wem es nicht auch so geht, der muss einfach ein Psychopath sein oder selber ein komplettes Monster, vor dem sich sogar das Wesen unter dem Bett lieber verkriechen würde.

Die Nacht ist Sternenklar. Vielleicht sehe ich ja Bilder in ihnen, wie es bei Wolken immer der Fall ist. Mit viel Fantasie kann ich eine Katze oder sowas ausmachen.

Ich schließe meine Augen mit dem Wissen, dass ich jetzt sowieso noch eine Stunde wach rumliegen werde, ohne einschlafen zu können. Das ist immer so, egal wie ich es auch versuche. Nur manchmal - und das ist wirklich sehr selten - da schlafe ich früher ein. Aber was soll ich dazu schon sagen? Dann denke ich die Zeit über halt noch über allesmögliche nach.

Das hilft irgendwie sogar. Schneller einschlafen tue ich dadurch aber sicher dennoch nicht.

Ich könnte ja auch einfach Philosophin werden, so wie ich den lieben langen Tag vor mich hin philosophiere. Oder die liebe lange Nacht; dem lieben langen Abend oder Nachmittag?

Gerade ist jedenfalls Nacht und ich lasse meine Gedanken kreisen.

Ich sollte wirklich versuchen, zu schlafen. So wie immer; jede Nacht aufs Neue. Aber wie auch immer. Manchmal lasse ich auch noch nebenbei Musik oder eine Serie oder einen Film laufen, in der Hoffnung, dass ich schneller einschlafen würde. Aber das klappt auch nur in den seltenen Fällen. Also denke ich als nächstes über den nächsten Tag nach, wie er wohl laufen würde und stelle mir allmöglichen Szenarien vor. Manche sind romantisiert, andere wirken eher so, als würde ich bald eine Bestattungsagentur benötigen und ich müsste mein Testament noch fertigstellen. Und manche wirken irgendwie ... leer?

Kann man eine Vorstellung; eine Fantasie, als leer bezeichnen? Ich denke schon. Eine lebendige Person kann man ja auch als leer bezeichnen, so wie Worte und/oder Taten.

Eine Sternenschnuppe fliegt am Himmel vorüber, als ich meine Augen öffne, um mir mein Handy zu schnappen, und zu sehen, wie viel Zeit bereits vergangen ist.

Über eine halbe Stunde.

Hoffentlich würde ich bald einschlafen, damit ich morgen in der Schule nicht wieder so extrem übermüdet bin.

Aber heute scheine ich *Glück* zu haben. Es dauert fast eine ganze Stunde mehr, bis ich endlich einschlafe und wieder total verrückte Sachen träume.

Tag 3

Stärke zeigt man von außen, Aber eigentlich kommt sie von innen

*Lächeln ist die eleganteste Art,
seinen Gegner die Zähne zu zeigen.
- Werner Finck*

Der Wecker klingelt, die Sonne scheint. Zwei Dinge, die super zusammenpassen, denn ich mag sie beide nicht! Genauso wie das Ding, was damit zusammenhängt: Aufstehen. Aufstehen bedeutet außerdem nichts anderes als sich für die Schule bereit zu machen. So viele Dinge auf einmal, die ich nicht mag.

Ich weiß nicht, ob ich das alles so früh schon aushalte und besonders nicht nach dem Aufstehen. Da sollte ich vielleicht lieber noch liegenbleiben. Aber dann müsste ich später ja dennoch Aufstehen.

Warum muss ich denn überhaupt aufstehen? Genauso gut kann ich doch auch einfach nie wieder aufstehen. Ein wunderschöner Traum, der wohl leider noch auf sich warten muss.

Ich stehe also langsam auf, nachdem ich mich im Bett angezogen habe, so wie sonst auch immer.

Meine Mutter ist bereits außer Haus, so wie meine Schwester. Sie geht an eine andere Schule, die weiter weg ist, aber bessere Aufstiegschancen gibt, für spätere Berufe. Und mit dem Abschluss, den sie da bekommt, kann sie später auch studieren, wenn sie möchte.

Sie wird etwas sein, ganz im Gegenteil zu mir. Ich weiß noch nicht mal, was ich mir morgen anziehe, während sie bereits ihr ganzes Leben durchgeplant hat. Jeden Tag. Manchmal frage ich mich, wie sie das schafft, denn ihr Zustand ist im Gegensatz zu mir, auch nicht unbedingt besser.

Ich liebe meine Schwester, aber so eine Kraft wie sie sie hat, kann ich nicht aufbringen. Während sie lernt, wie ein Büffel, kann ich mich nicht mal zum Aufstehen anspornen.

Wenn das Atmen nicht ein automatischer Prozess wäre (bitteschön, jetzt denkt ihr direkt daran und atmet bewusst), dann würde ich wohl ersticken, weil ich nicht mal dazu die Motivation besitzen würde. Ich bin wirklich unglaublich, ich weiß. Aber was soll ich schon sagen? Einfach nichts, weil mir auch dazu die Motivation fehlt.

Aber eigentlich geht es ja schon die ganze Zeit um etwas ganz anderes, nämlich darum, dass ich aufstehen und zur Schule muss, da hat es meine Gedanken mal wieder ganz woanders hingebracht.

Ob es wohl nur mir so geht? Nein, das glaube ich nicht. Es geht bestimmt vielen so.

● ● ●

Der Weg kommt mir ewig lang vor, aber sobald ich da bin, kommt es mir unglaublich kurz vor. Komisch wie das alles abläuft. Wie mit dem: Wenn man was nicht mag, kommt es einem ewig lang vor und wenn man etwas mag, vergeht die Zeit wie im Flug.

Ich setzte mich wieder auf meinen Platz.

Frühs ist die Schule dunkel und lehr. Da kommt man sich manchmal so vor, als wäre man die einzige Person im ganzen Gebäude. Irgendwie ein wenig überwältigend, wenn man genauer drüber nachdenkt, als würde man etwas verbotenes tun.

Ich laufe zur Toilette, die einen Bewegungssensor hat, bei dessen Aktivierung das Licht angeht. Normalerweise muss ich in der Schule nie. Aber heute früh musste ich irgendwie nicht, aber jetzt schon. Ich würde es auch lieber vermeiden hier zu gehen. Ich hasse öffentliche Toiletten.

Auch wenn ich keine richtige Begründung dafür habe, es ist halt so. Und vielen anderen geht es da bestimmt auch so. Und da gibt es meistens sicher auch keine richtige Begründung.

Ist wohl einfach etwas rein Instinktives. Tiere müssen ja auch immer markieren und übermarkieren. Der Gedanke es nicht wirklich für sich zu haben, eine Zone, in der es wirklich Intim zu sich geht, das ist einfach widerstrebend.

Ich bin noch nicht mal wieder aus der Tür raus, da kann ich von draußen bereits die nervigen Stimmen und Lacher dieser Idioten hören.

Ich würde mich ja fragen, was die hier wollen, aber das ist ja wohl zu offensichtlich (und wenn man hier wirklich etwas lernen würde, würde ich auch bezweifeln, dass es etwas bei denen bringen würde).

Ich werde einfach so tun, als wären sie nicht da. Auch wenn sie einen miesen Spruch ablassen und es mir deswegen schwerfallen wird. Aber ich werde sie ignorieren und immer ein breites Lächeln auf dem Gesicht haben, so wie alle das immer von mir wollten.

Ich schreite durch die Tür und sofort werden diese nervigen Geräusche lauter. Bis ich komplett raus bin und sie verstummen. Ich spüre ihre Blicke auf mir, doch ich versuche sie zu ignorieren. Aber dann scheint der Oberidiot mit seinem Kopf irgendwie auf mich zu zeigen, was ich im letzten Moment im Augenwickel erkennen kann, bevor ich ihnen meinen Rücken zuwende.

Worüber sie wohl diesmal über mich reden wollen? Aber schnell merke ich, dass sie nicht nur über mich reden wollen.

Schritte verfolgen mich und sofort laufe ich schneller. Der Gang ist dunkel und sonst ist auch noch niemand, abgesehen von dem Hausmeister, der irgendwo draußen ist, da. Wenn die mir etwas antun wollen, dann wäre jetzt der beste Augenblick.

Ich merke, wie mein Gesicht ganz finster wird. Nein, das ist es, was sie wollen, aber das werde ich ihnen nicht geben.

Sofort setze ich das breite Lächeln auf und drehe mich zu ihnen um. Ich wusste gar nicht, dass sie bereits so nah, an mir dran sind. Hätte ich mich jetzt nicht umgedreht, dann hätten sie mich ganz leicht von hinten packen können.

Ich lächle breit und zeige ihnen dabei meine Zähne. Ich habe ein Funkeln in meinen Augen. Wenn sie was wollen, dann nicht ohne Kampf.

„Ist was?", frage ich so freundlich wie nur irgendwie möglich.

Der Oberidiot sieht mich finster an. „Nein, nichts. Wie kommst du darauf, dass wir etwas von dir wollen? Brauchst gar nicht so eingebildet zu sein. Von dir will eh niemand was. Auch nicht, seitdem du dich so zum Lächeln zwingst."

„Das sah letztens aber ganz anders aus." Ich tue einfach so, als hätten seine Worte mich nicht getroffen, auch wenn es in mir zuckt.

Ich verwende seine Waffen einfach gegen ihn, was ihn nicht gerade begeistert. Seine Hände ballen sich zu Fäusten und sein Kiefer spannt sich an. Er will mir ganz offensichtlich etwas ganz Schreckliches antun, das kann ich in seinen Augen sehen. Aber wenn er vorhat, mir etwas anzutun, dann kann er sich sicher sein, dass ihm noch etwas viel Schlimmes zu erwarten hat.

Mein Lächeln scheint ihn zu verunsichern, denn es strahlt genau das aus, was ich mir dazu gedacht habe. Er scheint zu überlegen, was er jetzt tun soll.

Seine rechte Hand ballt sich zu einer Faust, die er gerade heben will, doch schnell wieder fallen lässt, da die Direktorin an uns vorbeiläuft. „Hallo", grüßt sie uns und wir sie. Wir sehen ihr noch eine Weile hinterher, bis sie in ihrem Büro verschwindet.

Ich komme ihm zuvor, bevor er sein blödes Maul auch nur ein Stückchen weit aufgerissen bekommt. „Also hast du keinen weiteren Kommentar? War ja klar. Na dann, bis dann." Leicht wie eine Feder und lächelnd drehe ich mich auf der Stelle und laufe zurück ins Klassenzimmer. Die Idioten gucken mir noch verdutzt nach, ehe sie selber in die entgegengesetzte Richtung laufen.

Dass er mich nicht schlagen würde, wenn jemand erwachsenes kommt, ist mir von Anfang an klar gewesen. Er stellt sich nicht gegen ältere. Er tut zwar immer auf dicke Hose, aber eigentlich ist er ein riesiger Schisser. Also einfach zu beschreiben mit dem Spruch: Große Klappe, nichts dahinter. Im Gegensatz zu mir. Ich würde ihn definitiv schlagen, da wären die Leute um uns rum dann auch völlig egal. Ich gebe nicht Kleinbei.

Große Klappe: Ja.

Nichts dahinter: nein.

Ich stehe zu mir und meinen Taten. Wenn ich Mist mache, dann stehe ich auch dazu und versuche es nicht jemand anders in die Schuhe zu schieben. Ich bin eine sehr ehrliche Person.

Aber es ist gut so, denn dann lasse ich mich wenigstens von nichts und niemandem unterkriegen und muss mich selber auch nicht verstellen und lächerlich machen.

Ich gehe zurück auf meinen Platz und hole mir mein Buch raus.

Lesen lenkt mich ab. Es versetzt mich in eine ganz andere Welt, in der ich nicht an den ganzen Scheiß denken muss, der gerade abgeht. Ich bin einfach nur da und leben in meinem Kopf, nicht in der Realität.

Sollte ich erwachsen werden und arbeiten müssen, dann würde ich wohl gerne Autorin werden. Aber leider ist mein Kopf leer, sobald es um eigene Ideen geht. Vielleicht schreibe ich dann einfach keine Romane, sondern irgendwas anderes. Eine Biographie zum Beispiel? Oder Sachbücher? Ich setze mich gerne mit verschiedenen Themen auseinander. Da wäre das doch das richtige für mich. Ich würde als Autorin auch wenig Menschenkontakt haben, weiterer sehr, sehr großer Vorteil.

Ich bin halt lieber für mich. Natürlich würde ich auch gerne mit Madlen zusammenarbeiten, wenn wir erwachsen sind. Zusammen zur Ausbildung und später zum Job. Nur leider sind wir da Interessenstechnisch zu weit auseinander. Irgendwem würde der Job dann also nicht gefallen und darum geht es ja nicht. Arbeit soll ja Spaß machen.

Aber mir macht kaum etwas Spaß. Schreiben wäre also super. Nur würde ich mit dem verdienten Geld kaum über die Runden kommen.

Warum muss das alles nur so verdammt schwer sein? Ich meine, ich habe zwar noch ein paar Jahre, um mir darüber noch Gedanken zu machen, aber Gesellschaftlich gesehen, sollte ich schon im Kindergarten mein ganzes Leben durchgeplant haben.

So viel Druck macht Stress und dieser ganze Stress sorgt für Angststörungen und Depressionen.

Nur die Stärksten überleben, wer nicht stark genug ist, der bringt sich einfach um. Wer nicht in das Chema der Gesellschaft passt, der wird in eine Form gepresst.

Ob ich diesem Druck wohl standhalten werde? Diese ganze Doppelmoral und die ganze Heuchelei sind kaum mehr auszuhalten. Am liebsten würde ich auf einer einsamen Insel, ohne Menschen geschaffene doppelmoralische Regeln leben. Die Realität sieht nur leider anders aus.

Ich bin umzingelt von wilden Tieren, die sich selber als Mensch bezeichnen und sich hinter ihren scheinheiligen Fassaden verstecken, die fallen, sobald man in ihren Fallen steckt und nicht mehr die Möglichkeit zu einer Flucht besitzen. Wie bei diesen Blumen, die ihre Schönheit vortäuschen und ihre Opfer betören, um sie dann in ihren Bann zu ziehen, um sie am Ende zu essen. Eine grausame, vom Menschen regierte (und dadurch noch viel schrecklichere) Welt.

Kein Wunder, dass die Selbstmordrate steigt, und die Geburtenrate sinkt. Ich verstehe, dass man in solch einer schrecklichen Welt, kein Kind bekommen will, das die ganze Scheiße abbekommt. Besonders nicht die ganze Scheiße, die von den älteren Generationen geschaffen wurde, wie Klimawandel oder Massensterben. Eine Welt die vor dem Abgrund steht, gegen dessen Untergang aber kaum jemand was unternehmen will, weil man ja dann auf etwas "verzichten" muss. Das gute ein Kilo Hack für zwei Euro zum Beispiel. Wo man noch Veganern die Schuld für die Abholzung des Regenwaldes gibt.

Doppelmoral und dazu noch falsche Moral. Ich bin nicht besser. Ich weiß das. Aber ich kann es zugeben und mir meine Fehler nicht schönreden. Ich konsumiere viel Käse. Ich bin Mitschuldige am Klimawandel, dennoch versuche ich etwas dagegen zu unternehmen. Mich umzubringen wäre da dann wohl dennoch die beste Entscheidung. Mich im Spiegel zu betrachten ist meiner Meinung nach so, als würde ich den ganzen Fehler sehen, der ich und diese Menschenwelt sind. Mein Dasein, meine Existenz, es ist ein großer Fehler. Und mir wird auch immer von allen anderen vor Augen geführt, was ich doch für ein großer Fehler bin.

Die ersten Leute kommen in die Klasse, auf die ich nicht weiter achte. Mein Buch ist spannender als diese Leute. Abgesehen von Madlen, aber die scheint noch eine Weile zu brauchen, bis sie kommt.

Ich habe das Buch schon fast durchgelesen, da werde ich mir heute ein neues raussuchen müssen. Bis zum Ende des Unterrichtes werde ich noch ein paar Seiten haben, die ich auf dem Weg nach Hause lesen werde. Wenn ich dann zu Hause angekommen bin, wird es bereits durch sein. Und dann werde ich vor dieser riesigen Entscheidung stehen, mich zwischen diesen ganzen Haufen an Büchern entscheiden zu müssen, nur ein einziges herauszusuchen.

Ich weiß nicht, ob meine Psyche mir so etwas Wichtiges

erlaubt.

Ich gucke einfach nicht großartig nach, sondern halte mir meine Augen zu, nehme mir einfach irgendeins und laufe dann ganz schnell weg. Und ich muss daran denken: niemals zurückzusehen, das würde mir sonst zu schwerfallen, meine gefallenen Kameraden so zu sehen, in einer Ecke gestapelt und darauf wartend, endlich mal gelesen zu werden.

Nicht nur ihnen fällt das schwer, auch mir. Und dieser Stapel wird einfach nicht kleiner. Er wächst und wächst. Aber es gibt einfach viel zu viele Bücher, die ich gerne mal lesen würde. Und es kommen einfach immer mehr! Und die Bücher sehen dann auch so schön aus.

Ein wahres Trauerspiel, das sich nicht nur um mich, sondern auch meine Bücher und meine Liebe zu ihnen dreht.

● ● ●

Ein tiefer Seufzer durchfährt mich, der schnell zu einem schweren Schlucken wird, als ich von hinten gepackt und in eine hintere Ecke gezogen werde.

Verwirrt sehe ich mich um. Es geht alles so schnell, dass ich ganz zu schreien vergesse. Doch dann sehe ich dieses mir so vertraute Gesicht.

Was will der denn jetzt schon wieder?

„Was willst du?", zische ich ihm entgegen.

Der Oberidiot sieht erst belustigt und dann todernst aus. Und dieser Ernst, ließ ihn ganz finster wirken.

Äußerlich lasse ich mir nichts anmerken, aber innerlich werde ich dann doch etwas unruhig. Diesem Kerl darf ich unter gar keinen Umständen eine Form von Angst oder auch nur einen Hauch von Unruhe zeigen. Dann hat er mich fest im Griff und das will ich nicht.

„Was will ich wohl?"

„Weiß ich doch nicht! Sonst würde ich doch nicht fragen!

Aber vielleicht willst du ja noch eine Abfuhr verpasst bekommen."

„Das du-„ Er zeigt auf mich, mein Dasein, meine ganze Existenz. „Das will doch niemand sehen. Hau einfach ab und komm nie wieder!"

„Warum sollte ich? Was habe ich denn getan, dass ihr mich so hasst!"

Sie fangen an zu lachen. Da bemerke ich auch die anderen Spasten im Hintergrund. War ja klar. Alleine würde er sich sowas ja nie trauen. „Du bist hässlich und Scheiße!", kommt es aus den hinteren Reihen.

So eine plausible Begründung!

Ja, Mensch, da kann man doch auch gleich ihn umbringen. Und wenn die Polizei fragt, warum, dann sage ich einfach: „Na, der war dumm, scheiße und hässlich! Der hat mich halt einfach gestört. Ich mochte den deswegen einfach absolut nicht, hab den regelrecht gehasst. Da musste ich doch dafür sorgen, dass ich ihn nie wieder in meinem Leben erblicken muss."

Und der Polizist sagt dann nur: „Verständlich." und geht wieder.

Die beste Logik überhaupt! Ich sehe ihn mit zu Schlitzen geformten Augen an. „Tut mir ja leid euch das sagen zu müssen, aber ich bin kein Spiegel."

„Halt deine scheiß Fresse!"

Ich taumle kurz zurück, bemerke erst gar nicht richtig,

89

dass mich der Oberidiot geschlagen hat. Mir fällt mein Buch aus der Hand und ich fallen auf den Boden. Hätte nie gedacht, dass er so fest zuschlagen kann.

Er hebt es auf und sieht sofort mein Lesezeichen auf dem steht: stay positiv.

„Als ob du positiv wärst", lacht er.

„Ich wusste gar nicht, dass du den Intellekt dazu besitzt, eine weitere Sprache (oder zumindest einzelne Wörter aus dieser) zu können, dabei kannst du ja nicht mal deine eigene richtig."

Ich krampfe mich zusammen, als er mit seinem Bein ausholt. Ich versuche noch schnell wegzukommen oder mich zumindest in eine schützende Haltung zu bekommen, aber leider zu spät.

Der Schlag trifft.

Ich fange zu husten an und umklammere schmerzerfüllt meinen Bauch. Er hat mich wirklich getreten. Ich kann es kaum glauben. Ich will etwas kontern, kann aber gerade so nach Luft schnappen. Mein Kopf muss hochrot sein.

„Überlege dir lieber zwei Mal, mit wem du dich anlegst."

Dieses Arschloch!

„Ihr legt euch doch viel eher mit mir an", gebe ich hustend zurück. Ich bin richtig stolz auf mich, dass ich es trotz meines Zustandes, soweit geschafft habe, normal zu sprechen. Mal vom Husten abgesehen. „Und wenn ihr denken könntet, dann hättet ihr wenigstens einmal darüber nachgedacht, mit wem ihr euch anlegt." Von unten herab, sehe ich grinsend zu ihm auf. Sein Ausdruck wird noch finsterer, auch wenn ich nicht geglaubt hätte, dass das wirklich möglich gewesen wäre.

Er dreht seinen Oberkörper um. „Hast du dein

Feuerzeug mit?", fragt er einen der Raucher.

Ich hasse Raucher, das sind alles Egoisten.

Der eine Kerl holt sein Feuerzeug hervor und überreicht es ihm.

„Du liest doch so super gerne. Dann bedeuten dir deine Bücher sicher auch eine Menge."

Seine Worte beunruhigen mich.

„Dann sie zu, wie ich alles zerstöre, was du liebst."

Ich schnelle nach oben, die Schmerzen völlig vergessen. Ein Fehler, den ich zu ignorieren versuche. Ich will nach meinem Buch schnappen, aber er weicht aus.

„Haltet sie fest", befehligt er seinen Untergebenen. Sofort packen sie meine Arme.

Ich zerre und wehr mich, doch statt des gewünschten Effektes, überkommt mich ein Schwächegefühl. Ich sacke leicht in ihre Arme, mir ist schwindelig. Nur Schemenhaft kann ich dieses widerwertige Lächeln wahrnehmen und wie er das Feuerzeug an mein Buch hält. Langsam sehe ich es in Flammen aufgehen.

Eine Träne läuft mein Gesicht hinunter.

Mir läuft eine weitere Träne über mein Gesicht. Ihr Gelächter hallt in meinem Kopf.

Ich weiß nicht, wie lange sie mich noch festhalten. Irgendwann, falle ich einfach um und sehe den Bus an mir vorbeifahren. Von meinem Buch ist nur noch ein Aschehaufen übrig. Durch das Fenster sehen sie mich lachend an.

Langsam krieche ich auf den Aschehaufen zu. Ich kann es gar nicht so recht glauben. Mein Kopf hat es noch gar nicht richtig realisiert.

Ich greife hinein, hebe meine Hand ein wenig in die

Höhe und sehe zu, wie selbst die etwas größeren Stücke in Staub zerfallen und durch meine Finger zurück auf den Boden rieselt. Meine Tränen laufen immer mehr und schneller über meine geröteten Wangen.

Ich sehe mich um. Ich weiß nicht warum, es ist einfach so ein Gefühl. Auf der anderen Straßenseite stehen einige Häuser. Bei einem der Häuser gibt es recht große Fenster, wo eine Frau schockiert durch eines der Fernster schaut. Sobald sie meinen Blick erhascht, guckt sie schnell weg und tut so, als hätte sie nie etwas gesehen.

Taumelnd stehe ich auf. Beim ersten Versuch falle ich zurück auf den Boden, aber beim zweiten Versuch klappt es gerade so.

Der Weg nach Hause ist schwer. Ganze Zeit muss ich mir das Weinen zurückhalten. Ich habe nicht vor in der Öffentlichkeit zu weinen. Und ich habe auch sonst nicht vor, vor irgendwem zu weinen. Das mit diesen Kerlen, war ein Ausrutscher, den ich nicht noch mal machen darf. Sie kennen meine Schwäche und sie haben sie ausgenutzt.

Ich hasse Menschen. Ich hasse alle von ihnen.

Naja, fast alle. Meine Schwester und Madlen sind auch Menschen.

Nach einer halben Ewigkeit komme ich Zuhause an. Das Erste was ich sehe, ist das Auto meiner Mutter. Ich kann meinen Augen erst gar nicht so recht glauben. Ist sie wirklich schon da? Sonst kommt sie doch immer erst richtig spät nach Hause. Oder bin ich vielleicht einfach zu langsam gewesen, dass sie bereits da ist? Freudestrahlend kommt sie rausgelaufen, mit einem Wäschekorb an ihre Seite gedrückt.

„Hallo, Maus", begrüßt sie mich.

„Hallo." Ich klinge monoton, desinteressiert und sehr unglücklich.

„Was ist denn los? Du willst mir doch nicht etwa meine gute Laune zerstören?"

„Nein, ich habe einfach nur Schmerzen?"

Sofort verdreht sie ihre Augen. Und genervt klingt sie noch dazu. „Kannst du nicht einmal mit Schmerzen klarkommen? Du und deine Schwester, ihr beide seid so verweichlicht."

Ich ignoriere ihre Worte – die sie in solchen Momenten immer benutzt - einfach und gehe in das Haus, auf direktem Wege in mein Zimmer. Ich will mich einfach nur noch fallen lassen, einschlafen und nie wieder aufstehen müssen. Oder noch besser: nie wieder aufwachen.

Das Buch zu schreiben ist dann doch eine gute Idee. Ich fühle mich zwar total schlapp, aber was soll es? Ich nehme mir ein kleines Heft. Ein neues, in dem noch keine einzige Seite benutzt oder rausgerissen wurde.

Zuerst schreibe ich das Datum des heutigen Tages und dann schreibe ich die Situation auf, was geschehen ist und wie ich mich dazu fühle. Jeden Tag schreiben hört sich doch gut an. Dann habe ich wenigstens mal was zu tun und kann mich irgendwie ablenken. Aber so ein richtiges Ablenken ist es ja nicht. Aber das hatte ich mir alles ja bereits einmal gedacht. Als nächstes schreibe ich meine Gedanken dazu. Und zum Schluss, wie viele Tage, bis zu meinem Selbstmord.

Ich sterbe sicher nicht, aber das macht das ganze doch noch spannender, oder etwa nicht?

Der Stift ist wirklich super, den ich gerade benutze. Ob ich auch mit ihm zeichnen kann? Ist noch ein ganz neuer.

Ich habe Hunger, mal sehen was im Kühlschrank ist. Falls da überhaupt etwas ist. Und ich öffne ihn und sehe: ein wenig Käse, eine halbe Gurke, eine halbe Packung Milch, die schon eine längere Zeit diesen Platz nicht verlassen hat, Wurst und ein paar andere Sachen. Mehr als erwartet.

Ob ich mal an der Milch schnuppern sollte? Lieber nicht. Ich lasse Gerd, wie ich diese bestimmt schon lebende Milch gerade genannt habe, einfach da liegen und weiterschlafen. Sein Leben soll wenigstens ruhig verlaufen, bis es ihm ganz gemein entrissen wird, indem er im Müll landet. Aber wer weiß, vielleicht findet er da ja ein paar Freunde. Aber die Gurke sieht auch bereits so aus, als könnte sie demnächst versuchen zu fliehen. Dann können ja beide zusammen die Flucht ergreifen. Hoffentlich stoppen sie dann mal kurz bei mir, um mich mitzunehmen. Ich würde nämlich auch sehr gerne hier weg. Da wäre mir sogar ihr Gestank egal.

Der Käse sieht noch halbwegs essbar aus. Ich nehme ihn mir und gucke, ob es noch Toast gibt. Ja.

Ich brate es mir zusammen und gucke nochmal in den Kühlschrank. Da suche ich mir erstmal eine Soße aus. Die Auswahl ist ja großgenug. Mal sehen wie groß sie noch ist, wenn ich auf das Haltbarkeitsdatum von allen gucke.

Der Ketchup scheint noch normal zu sein. Vielleicht hätte es ja noch Bohnen gegeben, dann hätte ich wenigstens noch ein wenig Gemüse gehabt, das ich essen kann.

Jetzt auch egal. Ich esse in meinem Zimmer. Ich habe keine Lust meine Mutter heute noch mal zu sehen, wer weiß, wie ihre Laune noch umschlägt.

Mein Zimmer ist trist, leer, alleine. Perfekt zum depressiv sein. Freunde treffen Freunde, lachen und haben Spaß zusammen (oder irgendwelche anderen Sachen). Ich hocke in meinem Zimmer und denke übers Denken nach, auf eine sehr seltsame Weise. Ich bin von Menschen verstört und ich von Menschen.

Was?

Okay, Denkfehler. Ich bin von Menschen verstört und Menschen von mir. Das wollte ich eigentlich denken. Das passiert mir irgendwie öfter, als ich vorhabe. Wobei es in letzter Zeit eher weniger so ist. Vielleicht ist ja bereits eine große Leere in meinem Kopf entstanden? Kann ich mir gut vorstellen, denn ich bin dumm. Und seltsam.

Dumm + Seltsam = will niemand haben und will auch niemand was mit zu tun haben. Am besten direkt in eine andere Galaxie oder Dimension katapultieren.

Wenn das nur so einfach wäre. Wünscht man sich doch schon manchmal, einfach so in eine andere Dimension springen zu können. Wie Gedankenlesen. Aber Teleportation oder Telikinese (oder Telikenese? Keine Ahnung wie das hieß. Ist ja auch egal. Das Ding wo man Sachen über Gedanken schweben lassen kann halt) wären auch coole Fähigkeiten, die eigentlich jeder haben will. Da kann man länger schlafen und Zeit sparen und bei dem anderen kann man einfach den ganzen Tag faul auf der Haut liegen. Einfach super!

Aber das geht ja leider alles nicht.

Oh, da fällt mir ein: habe ich heute eigentlich noch

Hausaufgaben? Bestimmt. Aber wie komme ich von etwas so Tollem, auf etwas so Langweiliges?

Unwichtig. Ich esse erstmal was.

Den ersten Schluck bereue ich sofort. Es tut höllisch weh. Ob ich mich morgen einfach krankschreiben lassen kann? Mal zu Mutti runtergehen, auch wenn ich bereits weiß, wie sie darauf reagieren wird.

„Mama, darf ich morgen zu Hause bleiben? Ich fühle mich nicht gut."

„Das sehen wir morgen. Wenn es dir bis dahin nicht besser geht, dann vielleicht."

War ja klar.

Und wenn sie wüsste, weswegen?

„Da ist noch etwas ..."

„Geht das nicht später? Ich habe gerade mal Zeit für mich. Hast du nicht eh noch was für die Schule zu erledigen?"

„Ja, schon, aber-"

„Dann mach doch das erstmal."

Wie die restlichen Male, wo ich sie auf die Situation in der Schule aufmerksam machen wollte. Das bringt ja sowieso alles nichts. Am Ende würde es doch sowieso nur noch schlimmer werden. Essen kann ich heute jedenfalls nicht. Am besten gehe ich einfach direkt schlafen. Auf Hausaufgaben kann ich mich dabei sowieso nicht konzentrieren. Hoffentlich schlafe ich diesmal einfach ganz schnell ein, dann kann ich dieses Leiden wenigstens für ein paar Stunden vergessen.

Tag 4

Immer soll man kämpfen,
Aber irgendwann hat man einfach
keine Kraft mehr dazu

Behalte dein Lächeln im Gesicht.
-Gregor Meyle

Wegen dieser verfluchten Schmerzen bin ich ständig wach geworden. Es ist kaum auszuhalten.

Meine Mutter ist noch da. Ich gehe zu ihr, will wissen, ob ich zu Hause bleiben kann, aber sie sagt nur gehetzt: „Ich habe es gerade wirklich eilig."

„Aber wegen der Schmerzen."

Für einmal Augenrollen scheint sie trotz Stress ja dann dennoch zu haben. „Kannst du es nicht noch auszuhalten? Hast du nicht morgen eh frei? Den einen Tag, den wirst du ja wohl schaffen."

„Aber-"

„Wenn es nicht besser wird, dann kannst du ja immer noch nach Hause gehen." Sie zieht sich ihre Jacke über. „So, aber jetzt muss ich wirklich los. Hab dich lieb, mein Liebling." Kurz küsst sie mich auf meine Stirn, dann flitzt sie nach draußen in ihr Auto. Und ich darf mich jetzt zur Schule quälen.

●●●

Und es ist wirklich eine Qual. Ich brauche eine Ewigkeit, bis ich mich in die Schule geschliffen bekomme, nur um die erste Stunde beinahe zu verpassen.

Der Lehrer hat gerade etwas an die Tafel schreiben wollen, hält sein Buch bereits vor sich und die Kreide in der Hand. Alle drehen sich um, sobald ich die Tür öffne. Durch seine Brille guckt er mich an. „Warum kommst du jetzt erst?"

„Weil ich den ganzen Weg über Schmerzen hatte."

Die Idioten kichern in ihrer Ecke. Der Lehrer guckt sie prüfend an und sie bemerken es nicht. Sie starren nur mich völlig belustigt an. Ich lächle die ganze Zeit über. Nicht vergessen, immer ein Lächeln im Gesicht zu behalten.

Der Lehrer merkt, dass etwas nicht stimmt, er ist ja nicht so blöd wie diese Kerle, dennoch sagt er nichts außer: „Na gut, du bist schon recht blas. Wenn es nicht mehr geht, dann sag bitte Bescheid."

Ich nicke und setze mich auf meinen Platz. Erst jetzt fällt mir Madlens besorgtes Gesicht auf.

„Hey, alles in Ordnung bei dir?"

Ich schüttle meinen Kopf.

Gar nichts ist in Ordnung. Einfach gar nichts.

„Nein. Aber ich erzähle dir in der Pause alles."

Sie wartet kurz, nickt dann jedoch zustimmend.

Die ganze restliche Zeit bis zur Frühstückspause, kann ich mich nicht richtig konzentrieren. Madlen dreht sich öfters mal um, um zu sehen, wie es mir geht. Sagen tut sie jedoch nichts. Sie will mich nicht bedrängen, sie respektiert mich und meine Entscheidungen. Und das immer, egal worum es geht.

In der Pause verkrümeln wir uns dann aber möglichst weit weg, in die hinterste Ecke des Schulhofes, wo wir meistens sind.

„Jetzt erzähl schon! Du siehst völlig schrecklich aus." Schnell umgreift sie meine Hände, die ich lieber dafür nutzen würde, gegen meinen Bauch zu drücken und meinen Schmerz zu lindern.

Vorsichtig nehme ich sie wieder an mich und drücke sie an die schmerzenden Stellen. Ich will sie nicht irgendwie komisch fühlen lassen oder wirken, als würde ich sie gerne loswerden.

Langsam fange ich an zu erzählen. Mehrfach muss ich meine Erzählung unterbrechen, einerseits wegen der Schmerzen und andererseits, um mir ein Weinen zu verkneifen. Mit jedem bisschen mehr, von dem ich ihr erzähle, umso mehr wird sie zu meiner jetzigen Farbe und bekommt einen passenden schockierten Gesichtsausdruck.

„Jetzt wirklich? Die haben wirklich sowas-? W- w- wie können die ...? Wie kann man nur so etwas machen? Was ist denn falsch bei denen?"

Sie springt von ihrem Platz auf. „Deiner Meinung und so allen Respekt, aber ich kann das nicht länger mit ansehen." Eilig stampft sie davon.

„Halt! Madlen! Madlen, was hast du vor?"

„Ich werde denen mal richtig meine Meinung geigen." Sie sucht den Pausenhof ab und erblickt die Kerle am üblichen Platz.

Verwundert drehen sie sich um, als sie etwas eiligen und wütenden Schrittes auf sich zu huschen sehen. Ihre Verwunderung wandelt sich sofort in Belustigung um.

„Sagt mal, was stimmt denn nur nicht mit euch?"

„Was mit uns nicht stimmt? Mit uns ist doch alles in Ordnung."

„Mit euch Psychos ist überhaupt nichts in Ordnung!"

„Bist nicht viel eher du ein Psycho, so wie du hier rumschreist? Oder die da." Mit seinem Kopf deutet er auf mich. „So wie die sonst immer geguckt hat und jetzt ganz urplötzlich wie ein Psycho zu grinsen anfängt."

„Wie kannst du nur so etwas sagen?"

„Wie kannst du nur so etwas sagen?

100

Ich bin ein super Schüler, mit guten Noten. Was hat die da denn bitte schon zu bieten?"

„Na warte nur! Dir werde ich es schon noch zeigen! Ich gehe zu einem Lehrer, der wird dich schon zur Rechenschaft ziehen!" Sie dreht sich um und stiefelt davon, nur damit er noch hinterherruft: „Und wenn schon! Was glaubst du wohl, wem sie eher glauben werden? Ihr oder mir? Das ist jawohl offensichtlich!"

Sie ignoriert ihn einfach und packt mich an meinem Arm. „Komm, wir gehen zum Lehrerzimmer."

Und was soll ich jetzt schon sagen? Wir wurden ziemlich skeptisch angeguckt. Madlen voller Wut und ich ganz schüchtern auf den Boden guckend.

Ich fühle mich unwohl, extrem unwohl. Das ganz wird doch eh nichts bringen (wie oft ich sowas schon versucht habe und wie oft es schon nichts gebracht hat).

„Hat Eleni irgendwas gemacht, dass du so guckst und sie so umklammerst, damit sie auch ja nicht abhauen kann?", fragt der erste Lehrer. Im Gegensatz zu anderen Schulen, sind hier eher Männer, als Frauen angestellt.

„Nein, jemand anderes. Und ich will, dass sie ihn und seine Gruppe zur Rechenschaft ziehen!"

„Wie denn? Was haben die denn gemacht und um wen handelt es sich überhaupt?"

Madlen am Auspacken und die Lehrer bekommen ganz bleiche Gesichter. Manche schütteln nur ihre Köpfe. Und dann sind da noch andere. Belächeln die mich etwa? Glauben die das ganze etwa nicht?

Am liebsten würde ich mich in eine Ecke hocken und lesen; die Realität ganz vergessen lassen, aber da fällt mir auf, ich habe vergessen ein Buch einzupacken.

Womöglich ist es wohl besser so. Am Ende würden diese Kerle es sonst auch noch anzünden.

„Dann kommt mal mit ins Vertrauenslehrerzimmer. Ich hole mal schnell die Jungs."

Es dauert nicht lange, da kommen sie lachend an.

„So einen Müll kann aber auch nur die von sich geben." Madlen ihre Hände ballen sich zu Fäusten.

Wenn die schon so ankommen und der Lehrer nichts dagegen sagt, dann ist jetzt schon klar, wie das Ganze enden wird.

„Madlen, gehst du bitte? Dich selber betrifft es ja nicht."

„Bitte was?"

„Du warst doch nicht dabei?"

„Ja, na und? Da wird sie trotzdem Unterstützung brauchen und so wie Sie reagieren, werden Sie ihr die ja wohl eher weniger geben."

Die Empörung in seinem Gesicht ist nicht zu übersehen.

„Ich verbitte mir so einen Ton!"

„Dann hoffentlich auch so ein Verhalten, wie die es an den Tag legen."

„Das werden wir schon so klären und jetzt geh bitte zurück auf den Pausenhof." Es ist klar, dass er eine weitere Widerrede von ihr nicht dulden würde.

„Na gut, aber ich werde hier draußen warten."

„Nein, du gehst jetzt auf den Pausenhof."

Sie verdreht ihre Augen und verschwindet um die Ecke. Mir ist klar, wenn wir alle im Raum verschwinden, dann wird sie wieder zurück um die Ecke kommen und darauf warten, dass wir fertig werden.

Das Gespräch verläuft allerdings anders, als sie gehofft

hat.

„Also, jetzt nochmal. Ich habe mit den Jungs bereits auf den Weg hierher gesprochen. Und sie sagen etwas anderes. Hast du vielleicht nicht einfach nur deine Tage?"

„Was?" Völlig verdutzt sehe ich den Lehrer an. Hat er mich das gerade wirklich gefragt? Wie unprofessionell ist das denn bitte?

„Ob du nicht vielleicht einfach deine Tage hast?

Er hat dich ausversehen angerempelt und dabei kam es dir halt so vor. Dann war es halt ein dummes Missgeschick, aber dafür muss ja niemand bestraft werden."

„Nein, so ist es aber nicht! Er hat mich getreten und mein Buch angezündet!"

Er sieht auf die Uhr. Das Ganze interessiert ihn offensichtlich ganz und gar nicht und er will einfach nur zurück in seine Pause. Je schneller ich zustimme, umso eher kann er weg. Ein kurzes Seufzen durchfährt ihn.

„Man, Eleni, wie kannst du ihn nur so von seiner Pause abbringen? Du bist echt egoistisch. Und eine Lügnerin noch dazu!" Dieser Kerl ist das Schlimmste, aber wirklich das aller Schlimmste, was es geben kann.

„Aber ich hab doch gar nichts getan!"

„Und wir auch nicht! Trotzdem machst du so gemeine Unterstellungen!" Wie kann er nur so dreist lügen?

„Jetzt beruhigt euch doch mal wieder, ja?"

Sofort sind wir still.

„Also noch mal von vorne. Du sagst, dass er dich getreten hat und dein Buch verbrannt hat. Dann frage ich jetzt mal die Jungen, ob das stimmt." Erwartungsvoll sieht er sie an und alle sagen dasselbe: „Nein."

„Damit steht es Aussage gegen Aussage. Wir sollten das ganze vielleicht einfach mal ruhen lassen und später noch mal aufgreifen." Bedeutet so viel wie: Ich habe keine Lust mich weiter damit zu beschäftigen, also sage ich etwas, was alle besänftigen sollte, aber dennoch in Vergessenheit gerät. „Dann kann sich die Situation erstmal beruhigen. Einverstanden?"

„Ja."

„Nein."

„Ach, Mensch, Eleni, du baust dich damit selber viel zu sehr aus. Da kochen die Emotionen noch mit dir durch." Wie kann ein Lehrer nur so was sagen?

„Ich baue mich auf? Was soll das denn heißen?"

„Dass du dich da zu sehr drüber aufregst."

„Wie würden Sie denn reagieren, wenn man sie Körperlich verletzt und ihnen ein wichtiges Eigentum zerstört wird und dann auch noch gesagt wird: Ist ja nichts weiter."

„Ich weiß, dass es dich stört, aber sich darüber aufzuregen bringt doch auch ni-"

„Es stört mich nicht nur, es macht mich Fuchsteufelswild!"

Die Jungs fangen wieder zu lachen an. Der Lehrer hatte vorhin auch ein leichtes Lächeln im Gesicht. Er ist also definitiv auf der Seite der Jungs. „Und selbst wenn, war ja eh nur ein blödes Buch. Hatte eh keinen Wert."

Finster sehe ich die Kerle an.

„Aber eine gute Wärmequelle!"

„Willst du gerade zugeben, dass du es verbrannt hast?" Ertappt. Jetzt müsste eigentlich ich lachen, aber ich bringe es noch nicht dazu, denn da fehlt noch was.

„Vielleicht."

„Dann wirst du des ihr ersetzen. Und das andere werden dann wirklich nur die Tage gewesen sein. Schön, dass wir ein Ende gefunden haben."

Bevor ich noch etwas darauf erwidern kann, verschwindet der Lehrer bereits aus dem Zimmer. Völlig verdutzt bleibt er kurz stehen, schüttelt seinen Kopf und geht genervt weiter. Madlen steht da, völlig besorgt und abwartend. Die Idioten lachen nur doof. Die würden mir das Buch niemals ersetzen.

Vorsichtig gehe ich raus. Die Jungs stürmen vorbei.

„Ich habe es euch ja gesagt. Bäh!" Leicht zieht er ein unteres Augenlied runter.

Madlen streckt ihnen nur die Zunge raus. „Wie ist es gelaufen?"

„Es wurde auf meine Tage geschoben - die ich nicht mal habe - und sie müssen mein Buch ersetzen, worauf ich für immer warten kann bei denen."

„Ist nicht wahr."

Bevor ich etwas darauf erwidern kann, hören wir ihn aus dem Lehrerzimmer sagen: „Hat denen das einfach unterstellt. Irgendwann wird die noch behaupten, dass sie von denen vergewaltigt wurde, nur weil sie sie mal ein wenig geneckt haben."

„Oder sie macht es aus Rache bei dir, weil sie mit der Lüge nicht durchgekommen ist", lacht ein anderer.

„Da sollte ich wohl lieber aufpassen. Frauen und Mädchen nehmen sich heutzutage wirklich zu viel raus. Diese blöden Feministen. Dabei ist die Gleichberechtigung das A und O. Mit solchen Unterstellungen wird die im Leben nicht weit kommen.

Da muss man wirklich aufpassen, so wie die lügt und auch noch darauf beharrt. Also wirklich, schlimm sowas."

Das Ganze geht noch etwas weiter, aber meine Tränen, die mir schon in meinen Ohren und Hals drücken, übertönen das Ganze.

Vielleicht sollte ich das wirklich, damit er weiß, wie scheiße es ist, wenn jemand lügt und einem nicht geglaubt wird. Aber so ein Arschloch wie er und die anderen es sind, bin ich nicht.

Wie sehr ich doch diese sexistischen Leute hasse.

„Was ein Arsch.

Hör nicht darauf. Komm, wir gehen kurz aufs Klo."

Vielleicht hätte ich ja sagen sollen, dass es eine Zeugin gibt? Das hätte auch nichts geändert. Sie wollte mit dem Ganzen ganz offensichtlich nichts zu tun haben. Sie würde nicht aussagen, nur behaupten, dass sie nichts gesehen hatte.

Durch das Weinen werden die Schmerzen noch schlimmer. Wie kann die Welt nur so unfair sein?

„Wir haben als nächstes mit dem. Aber ich habe keine Lust, so ein Arschloch zu sehen. Lass die Stunde blau machen."

„In Ordnung", stimme ich ihr, noch immer weinerlich, zu.

Wir setzen uns an einen versteckten Platz. Ich habe mich wieder beruhigt. Der Wind bläst durch mein Haar und lässt es wehen. Vorsichtig streiche ich es mir aus meinem Gesicht. Ich sitze mit angewinkelten, aber auseinander liegenden Beinen da.

Madlen hat ihre Beine ausgestreckt und ihre Hände

nach hinten auf den Boden abgestützt. „Bist du eigentlich sehr unglücklich?", fragt sie mich nach einer ganzen Weile des Schweigens.

„Ja."

„Hast du je versucht, einfach mal glücklich zu sein?"

„Ich glaube, ich war schon so lange unglücklich, dass ich gar nicht mehr weiß, wie es ist, glücklich zu sein. Ich habe es ganz einfach verlernt und ich weiß nicht, ob ich es wieder erlernen kann."

„Kann man das?"

„Scheinbar schon."

„Wie viel Jahre musst du da jetzt schon durch?"

„Irgendwann habe ich aufgehört zu zählen."

Wir schwiegen die restliche Zeit.

Noch eine Stunde.

Erstmal war die große Pause noch dran. Aber auch da bewahren wir Stillschweigen und sehen nur zu, wie der Hof sich nach und nach mit Kindern und Jugendlichen und den dazugehörigen Geräuschen füllt.

Zurück im Unterricht müssen wir uns nur dummes Generve von den anderen anhören. Aber das ignorieren wir gekonnt. Hätte wer gefragt, wo wir die Stunde davor geblieben sind, dann hätten wir einfach gesagt, dass es an meinen Schmerzen lag (was ja nicht mal ganz so falsch ist).

Die Stunde über kann ich kaum bei den Erklärungen des Lehrers bleiben. Ganze Zeit schweifen meine Gedanken ab, besonders an Madlen und was sie für mich tut, wie sie sich für mich einsetzt.

Obwohl Madlen so viel zu ertragen hat, kümmert sie sich dennoch so liebevoll um mich. Habe ich es wirklich verdient, eine so tolle Freundin, wie sie zu bekommen? Selbst wenn nicht, in diesem Augenblick bin ich dann einfach mal egoistisch. Ich will eine so tolle Freundin wie sie. Ich will allgemein einfach eine Freundin und dementsprechend auch nicht mehr alleine sein, aber dann noch eine wie Madlen zu bekommen, das ist einfach ein Jackpot. Meine Nerven liegen blank.

Ende der Stunde packe ich alles zusammen. Madlen kommt noch mal zu mir.

„Die Jungs sind schon raus, aber die werden sicher wieder an der Bushaltestelle auf dich warten und etwas vorhaben. Hast du denn gar keine anderen Wege, die du laufen könntest?"

„Doch, aber die würden viel länger dauern."

„Dann warte mit mir noch kurz hier."

„Ich soll hier sinnlos rumsitzen?"

„Aber mit mir. Deine Reaktion werte ich als Beleidigung." Spaßig beleidigt überkreuzt sie ihre Arme, zieht eine Schnute und dreht sich zur Seite.

„Hey, so habe ich das doch gar nicht gemeint."

„Ja, ist ja schon gut. War ja auch nur als Witz gemeint", dreht sie sich wieder lächelnd zu mir. „Aber wir müssen ja nicht immer sinnlos rumsitzen. Wir können ja auch einfach unsere Hausaufgaben zusammen machen. Du hast die doch ständig nicht mit. Oder wir können noch zusammen für eine Arbeit lernen."

„Du weißt ganz genau, dass ich keine Nerven zum Lernen habe."

„Schon, aber ich ja auch nicht. Und wir würden dann zusammen lernen, was deutlich angenehmer ist, als alleine zu lernen. Habe ich nicht recht?"

„Doch, schon, aber-"

„Gut, dann machen wir es ab jetzt so." Auf meine ganzen Proteste, die ich einlegen will, geht sie nicht weiter drauf ein. Das Mädchen macht mich wahnsinnig. Einfach verrückt. Wahnsinnig verrückt. Und dennoch habe ich sie so gern.

„Alles eine ganz tolle Sache", sage ich genervt. „Na schön, machen wir es so, aber jetzt will ich wirklich nur noch nach Hause, mich in mein Bett legen und nicht mehr aufwachen."

„Ist gut. So langsam wie du im Moment bist, sollte der Bus mit diesen scheußlichen Kerlen sowieso bereits weg sein, wenn du da ankommst. Aber für sonst bist du mit mir nach dem Unterricht hier verabredet." Sie steht auf und stellt den Stuhl zurück auf dem sie ganze Zeit falschrum saß, als sie mit mir an meinem Tisch gesprochen hat.

„Ich würde dich gerne begleiten, muss aber noch arbeiten gehen."

„Schon in Ordnung-"

„Wirklich? Du bist sehr geschwächt. Sieht richtig schlimm aus."

„Ja, ist alles in Ordnung."

„Na gut, dann wünsche ich dir noch ein schönes Wochenende. Ruh dich aus und dass deine Wunden schnell heilen. Wenn es doch zu schlimm werden sollte, dann geh doch bitte zu einem Arzt und lass dich untersuchen."

„Ja, mach ich, keine Sorge."

„Sicher? Denn was das angeht, muss man sich bei dir immer Sorgen machen."

„Im schlimmsten Fall würde meine Mutter mich sicher schon ins Krankenhaus bringen."

Sie wartet kurz, nickt dann jedoch langsam. So richtig glauben wollen will sie das wohl nicht. Scheint zumindest so. „Dann glaube ich dir das mal so." -nicht.

„Okay, bis dann."

Zusammen verlassen wir die Schule und haben diesen seltsamen Moment uns bereits verabschiedet zu haben, aber dann doch denselben Weg zu gehen. Jedoch nehmen wir das Ganze mit Humor, also ist es nicht weiter schlimm.

Erneut verabschieden wir uns.

„Also, bis dann."

„Ja. Tschau, aber diesmal richtig."

Noch mal ein kurzes Zuwinken und dann sind wir beide weg.

Der Weg nach Hause ist noch viel anstrengender, als ich erwartet hätte. Wenigstens muss ich diese Idioten heute nicht mehr sehen. Dafür aber diese Frau, die einer Person nicht hilft, wenn sie sie dringend benötigt.

Sie schaut aus dem Fenster, sieht mich und erkennt mich sofort. Und genauso sofort wie sie mich erkannt hat, dreht sie sich auch wieder weg, um mir auch ja nicht in meine Augen sehen zu müssen.

Menschen mögen es nicht, wenn sie jemand anderen

helfen müssen. Hilfe geben sie eigentlich nur, wenn sie im Gegenzug auch etwas dafür bekommen. Aber das ist ja eigentlich dann keine Hilfe mehr, sondern nur ein Handel. Du gibst mir das und bekommst dafür das. So in etwa sieht das Ganze dann aus. Traurig, aber leider wahr.

Aber wie würde ich es denn machen, wenn ich nicht in dieser Situation stecken würde? Würde ich es wirklich anders machen? Wohl kaum. Die einzigen, die wirklich helfen, sind die, die selber einmal in so einer Situation gesteckt haben, oder wirklich von Gott geschickte Engel. Allerdings würde ich denen nicht mal im Traum begegnen wollen. Die Teile sind ja mal scheiße grusselig. Warum werden die auf Gemälden und so immer als kleine nackte Kinder mit blonden Locken und Flügeln dargestellt, wenn es eigentlich solche Dämonen bestehend aus Grusel und Augen sind? Wenigstens der Fakt mit den Flügeln ist richtig. Aber so nackte Kinder fanden die sicher nicht so grusselig, wie die ganzen Augen, die einem direkt in die Seele gucken. Irgendwie mussten sie sich wohl von ihrem Trauma erholen und kleine nackte Kinder fanden sie da am besten. Passt ja zur Kirche. Sind ja dann auch immer Jungen.

Mögen die mich alle deswegen nicht? Sind die alle religiös? Das wäre mir neu. Nö, die können mich einfach so nicht leiden. Das hat keinen besonderen Grund. Aber ein paar Leute aus meiner Klasse sind dann doch religiös, zumindest zwei oder so. Vielleicht auch mehr. Manche gehen auf jeden Fall in den Religionsunterricht und die meisten von ihnen glauben nicht an Gott (und das, obwohl wir in einem Dorf, beziehungsweise in Dörfern leben), und der andere Haufen hat Ethik und glaubt auch nicht an Gott. Lustigerweise sind wir die, die nicht gläubig sind und sich nicht für die Religion interessieren, aber dennoch mehr über diesen Glauben und einen Haufen anderer Scheiße reden, als die im tatsächlichen Gottesunterricht.

Wahrlich unglaublich.

Also glauben ist ja jetzt eh fehl am Platz bei Ethik und auch den Religionsleuten, aber dennoch wird es sehr ausführlich behandelt.

Meine Glaubensrichtung nennt sich der Tod. Ein Glaube, der sich schon immer bewahrheitet und auch schon immer gezeigt hat.

Scheiß auf Butter, Alarm und Kreis. Die sind alle voll vergessbar. Tod ist das wahre. Und an den glaubt nun wirklich jeder, denn jeder weiß, dass er existiert. Eines Tages wird er jeden holen, auch mich und ich werde ihm mit ausgestreckten Armen entgegentreten.

Meine Mutter würde mir für diese Worte sicher eine klatschen. Aber dabei sage ich nur, wie es ist.

Tief im Inneren, da denkt doch jeder so. Und jeder ist auch neugierig darauf was nach dem Tod kommt oder ob da überhaupt noch was kommt. Das Wissen der Welt würde einem doch da dann zu Füßen liegen. Fragen nach Wiedergeburt und so einem Zeug wären da ja dann auch geklärt.

Vielleicht gibt es ja dann wirklich so etwas wie, dass man als Geist auf der Erde umher wandern kann. Dann würde ich aber vielen Leuten einiges heimzahlen. Und ich könnte dafür sorgen, dass sie Körperkomplexe bekommen, wenn sie die ohnehin nicht bereits haben sollten. Würde bestimmt lustig werden. Und dann könnte ich genauso scheiße, wie die sein. Und die könnten dann auch nichts dagegen unternehmen. Niemand könnte dagegen etwas unternehmen. Es sei denn, es gibt da bestimmte Regel und Aufpasser. Dann müsste ich mich ja an sowas halten.

Kann ich mir dann einfach den Job als Poltergeist aussuchen? Für die gibt es doch was das angeht so überhaupt keine Regeln. Stimmt's? Der Gedanke daran gefällt mir auf jeden Fall jetzt schon. Aber wem würde der Gedanke ein wenig rumspuken zu können denn nicht gefallen, außer ein paar Langweilern vielleicht? Und wie würde ich als Geist wohl aussehen? Anders als jetzt? Oder genauso, nur durchsichtig? Oder vielleicht bin ich einfach nur ein Lichtstrahl. Ob ich dann wohl eine Stimme noch habe? Immerhin habe ich dann keinen Körper mehr. Also sollte es nicht gehen. Aber der Wind hat auch keinen Körper und macht Geräusche, nur eben durch Gegenstände und so. Geräusche auf Umwege.

Zu sterben hört sich immer und immer besser an. Und es gibt so unglaublich viele Gründe, warum man einfach sterben sollte.

Da könnte man eine Werbekampagne machen.

Sterben Sie jetzt, für ein besseres Leben.

Nein, so nicht, da lebt man ja nicht mehr. Wie soll das Leben da dann besser sein? Aber vielleicht ist ja auch gerade dahinter der Witz des ganzen?

Oder:

Sterben Sie jetzt, für einen weiteren Toden.

Da gibt es noch einiges mehr, was man dazu sagen könnte.

Sterben sie noch heute und bekommen sie den ersten Platz auf dem Schiff des Todes.

Am besten noch ein Paartod, dann können sie an der Spitze einen auf Titanic machen.

Erschaffen sie sich noch heute ihr/e eigene/s Tragödie/Drama.

Da muss ich mir noch überlegen, was von beiden ich besser finden würde.

Sterben Sie jetzt, für weniger Leiden, denn mal ganz ehrlich: die Welt ist scheiße, das Leben ist Scheiße.

Immerhin gibt es etwas wie Klimawandel, Rassismus, Sexismus, Homophobie, Tier- und Kinderleid. All das. Wer will denn bitte schön in so einer Welt leben? Mal von den ganzen reichen alten, weißen Arschlöchern abgesehen, die den ganzen Tag nur auf ihren fetten, labbrigen, alten Schwabbelärschen sitzen und einen auf Sugar Daddy machen.

Kotz.

Auf solche Kerle kann ich in der Welt sehr gerne verzichten. Die haben ja auch ihre Jacht in der Jacht. Und für Tierleid oder so interessieren sie sich gar nicht, sind dann sogar noch eher dafür verantwortlich. Und wenn sie ein weinendes Kind sehen, dann schlagen sie es noch extra, denn es soll ja ein richtiger Mann werden, wenn es ein Junge ist und eine gehorsame Frau, wenn es ein

Mädchen   ist.

Ich denke schon wieder über Zuviel nach. Aber wenigstens lenkt mich das ab.

Irgendwann komme ich dann auch endlich mal zu Hause an.

Meine Mutter ist noch nicht da. Dann werde ich sie das restliche Wochenende sicher auch nicht sehen. Am Wochenende ist sie meistens weg. Und meine Schwester? Die wollte diese Woche glaube ich noch zu einer Freundin. Das heißt also, dass ich alleine sein werde. Ganz alleine, so wie immer.

Soweit alleine halt, wie es mit einem ganzen Haufen an Tieren eben geht. Aber wenigstens sind sie da.

Ich liebe Tiere.

Ich stapfe mein Zimmer hinauf. Es ist gerade erst Nachmittag, aber ich schlafen dennoch sofort ein, sobald ich in mein Bett gefallen bin. Und die seltsamen Träume gehen mir direkt durch meinen Kopf. Auch wenn ich eigentlich Hunger verspüre, weil ich auf Grund der Schmerzen den ganzen Tag nichts gegessen habe, kann ich einfach ganz normal einschlafen, vor völliger Erschöpfung. Ich habe nicht mal Schlaftabletten nehmen müssen. Es ging einfach so. Dafür träume ich jetzt sehr seltsame Sachen, die ich nicht wirklich beschreiben kann. Auch egal.

Ich muss mich einfach nur treiben lassen.

Einfach nur treiben lassen.

Und weg bin ich.

Tag 5

Alles ist ein Blick durch die
Rosarotebrille,
Aber wenn man sie abnimmt,
sieht man wie scheiße alles ist.

Das Leben lehrt, das Lachen korrigiert.
-Vytautas Karauus

Das ganze Wochenende ging es mir schlecht und als meine Mutter vom Feiern zurückkam, hat sie dann doch endlich mal gemerkt, dass mit mir etwas nicht stimmt. Daher durfte ich dann auch die ganze Woche zu Hause bleiben, bis es mir besser ging. Und ich bin froh, dass es mir wirklich besser geht, denn diese Schmerzen waren kaum zu ertragen. Besonders, da ich nicht normal aufs Klo gehen oder essen konnte. Und ich bin meiner Mutter dankbar, dass sie mich nicht in die Schule geschickt hat.

Viel habe ich in der Krankenzeit nicht gemacht. Ich lag hauptsächlich im Bett und habe mir sinnlose Filme und Serien angeguckt.

Ich verstehe diese ganzen Teenie-Serien und Filme nicht. Die haben irgendwie alle dieselbe, nervige, sinnlose Handlung.
Schüchternes Mädchen verliebt sich in super coolen Dude.
Kerl bekommt Interesse an ihr, ist aber eigentlich voll der Brutalo.
Mädchen denkt, sie kann ihn zum Umdenken bewegen.
Ist psychisch am Arsch. Bleibt trotzdem mit ihm zusammen.

Warum steht man auf solche Filme? Solche Sachen sind echt nicht witzig. Und die Tatsache, dass sowas verherrlicht wird, da braucht man sich auch nicht mehr wundern, warum die Welt so am Arsch ist.
Aber es gibt ja auch genug Frauen, die sich in

Serienmörder verliebt haben, weil sie die heiß fanden. Nochmal total gestört.

Gibt es denn überhaupt noch normale Menschen?

Ich will nicht erwachsen werden. Ich will wieder ein kleines Kind sein. Da musste man sich nur darüber Gedanken machen, ob man denn auch artig genug war, um einen Nachtisch zu bekommen. Oder sogar noch einen zweiten verdient hat, weil man etwas ganz Tolles gemacht hat.

Ich für meinen Teil vermisse diese Zeit.

Aber wenn man genauer drüber nachdenkt, ist diese Welt einfach eine riesen große Doppelmoral, schon von Anfang an.

Bestes Beispiel: Als Kind wird einem gesagt, dass Fehler machen in Ordnung ist, denn man soll ja aus ihnen lernen und niemand ist perfekt. Nur darf man dann aus irgendeinem Grund keine Fehler machen, nicht mal als Kind.

Das stresst total, besonders mich, denn ich bin eine Person, die ständig Fehler macht. Und dafür bekomme ich den Hals voll. Und das setzt mich dann noch mehr unter Druck. Was dafür sorgt, dass ich noch mehr Fehler mache.

Ein wahrer Teufelskreis.

Gute Menschen gehen da voll unter in dieser Welt voller Intrigen und Lügen. Der starke frisst den Schwachen, ist immer noch ein großes Ding. Und ich muss mir bereits jetzt Sorgen darüber machen, wie ich mir mein Leben finanzieren will -und das von anderen, die nur auf ihren faulen Ärschen sitzen.

Harzer sind auch eine richtige Krankheit. Die vermehren sich wie Karnickel, weil sie dann mehr Kindergeld bekommen, bekommen aber auch noch mein Geld. Als ob ich ihr Sklave bin. Also reise ich mir sinnlos meinen Arsch auf.

Mit der Regierung sieht es ja nicht sonderlich besser aus. Die machen auch nichts, können aber bestimmen, wie viel Geld sie bekommen und wie viel Geld uns weggenommen wird.

Da Interessiert es die auch nicht, wenn da eine alleinerziehende Mutter mit drei Kindern ist. Die hat einfach ihren Beitrag zu leisten, scheiß auf die Bildung und Ernährung ihrer Kinder.

Deutschland, der soziale Asozialen Staat.

So ein Selbstmord klingt da doch ganz gut.

Raus aus dem Stress, raus aus dem Scheiß, einfach frei sein.

Meine Gedanken gehen schon wieder an die verschiedensten Orte. Und das bereits so früh am Morgen, während ich zur Schule laufe.

Und ich kann wieder normal laufen.

Ein schönes Gefühl. Und normal essen geht auch wieder klar.

Die Woche hat sich gelohnt. Nur musste ich leider hören, wie die Klasse gelästert hat, dass ich nur so tue. Das kam auch von dem Herr Vertrauenslehrer, der sich nicht für meine Probleme Interessiert hat, weil ich ein Mädchen bin.

Hat ihm eine Frau mal irgendwas getan, dass er uns so hasst? Wie ihm einen Korb gegeben, weil sie bereits mit einem anderen zusammen war?

Ein Dank an Madlen, dass sie mich immer so auf dem

Laufenden hält.

Dieser Lehrer ist wirklich unprofessionell. So lange er nur psychischen Schaden verursacht, ist ja alles gut, aber wenn er uns schlägt, dann ist er gefeuert. Das macht keinen Sinn. Warum lässt Deutschland nur sowas zu? Dabei ist doch mittlerweile bekannt, was die Psyche alles anrichten kann. Interessiert aber niemanden.

Da lässt man die Kinder auch gerne im Haushalt, wo es misshandelt wird, weil es ja die Eltern des Kindes sind.

Einige Sachen sollten sich wirklich mal ändern. Aber das werde ich wohl leider nicht mehr erleben. Stattdessen sehe ich nur die blöden Gesichter meiner Mitschüler:innen, die mich doof anlachen und mir Vorwürfe machen.

„Du machst dich echt lächerlich."

„Wie kann man nur so albern sein?"

„Bist du ein kleines Kind, oder was?"

„Du hast doch echt einen Knall."

„Hoffentlich verschwindest du bald für immer. So schöne Schulverweise für deine Lügen."

„Oh Mann. So zum Affen kannst aber auch nur du dich machen."

Und noch mehr.

Ich ignoriere sie einfach.

Ich hätte vielleicht doch eher in die Schule kommen sollen, dann wären die einzeln in die Schule gekommen und hätten nicht den Mut gehabt, mich einzeln dumm zu machen. Aber wenn dann alle da gewesen wären, dann wären alle auch auf einmal auf mich. Auch wenn die Wahrscheinlichkeit dann geringer gewesen wäre.

Ich setzte mich auf meinen Platz. Dumme Sprüche

kamen dennoch von allen Seiten.

Ich gucke auf den Stundenplan.

Was und mit wem haben wir jetzt?

Oh nein, bitte nicht. Diese Frau ist die Inkompetenz aller Inkompetenzen. Die kapiert es noch nicht mal, wenn die von einer ganzen Klasse verarscht wird. Und das ist bereits mehrfach vorgekommen. Aber die hat dann immer nur gelacht, weil sie dachte, dass sie lustig wäre. Und so als kleine Randnotiz: Sie ist alles andere als lustig. Man kann einfach nur gut Witze *über* sie machen.

Eine seltsame Frau. Die mich auch direkt umsetzt, weil ich angeblich mit Madlen gesprochen habe, während die hinteren Reihen durchgängig scheiße machen und miteinander in einer Lautstärke reden, die wahrscheinlich auch taube Menschen dazu gebracht hätte, dass sie glauben ihr Gehör wiedergefunden zu haben. Und dann hat die Alte mich auch noch ausgerechnet nach ganz vorne - in die hinterste Ecke vom Lehrertisch aus, also ganz nach rechts - gesetzt, wo direkt dahinter zwei weitere, absolute Vollspasten stecken. Die mich auch sofort zu provozieren beginnen.

Ganze Zeit bewerfen sie mich mit Bierdeckeln, Stiften oder nur Teilen davon. Oder sie piksen mir ganze Zeit mit einem Stift in den Rücken. Es ist schrecklich nervig und wenn ich ihnen sage, dass sie aufhören sollen, dann tun die nur so, als hätten sie gar nichts gemacht. Das geht ganze Zeit so, hin und her.

Die Lehrerin ist zu dumm, um es zu kapieren. Irgendwann schnappe ich mir die Teile, damit er mich nicht mehr bewerfen kann. Da ist der ihr Geschrei natürlich groß. Im Gegenzug hat er mir einen

Plüschanhänger gestohlen, der an meiner Federmappe hängt, daher hat er auch gleich die ganze Federmappe geklaut. Dann hat er mir gedroht, dass er es abschneidet. Irgendwann hat sogar die dumme Lehrerin es mitbekommen und ist dazwischen gegangen, aber eher auf der Seite dieser Arschlöcher. Außerdem hatte wer noch die stellvertretende Direktorin geholt, welche nicht gerade begeistert dazu kam.

Viel Stress, alle wieder gegen mich.

Ich habe versucht mich zu verteidigen, aber so viele haben behauptet, zugesehen zu haben und dass es nicht so wäre wie ich "behaupten" würde. Das haben sie immer und immer wieder gesagt. Mir wurde auch noch in die Schuhe geschoben, dass wegen mir eine Arbeit geschrieben werden würde (obwohl die das von vornherein machen wollte).

Nach der Stunde sind alle dann weiter auf mich eingegangen, dass es meine Schuld wäre, wie dumm ich doch bin. Dann bin ich durchgedreht, bin auf den Hauptprovokatör, der sofort wie ein feiges, verängstigtes Karnickel davongerannt ist. Doch ich bin schneller, packe ihn am Hals und drücke zu und nach unten.

Jemand stößt mich weg (sein Cousin, der mit uns in einer Klasse ist). Er drückt mich gegen eine Wand und von da aus reden noch mehr sauer auf mich ein. Dass ich verrückt bin, dass was mit mir nicht stimmt. Irgendwann weine ich nur noch. Dass mein Finger blutet merke ich erst im Nachhinein.

Der die Vertretung geholt hat, ist dann weiter am Provozieren, dass ich wegen eines abgebrochenen Nagels weinen würde. Zum Antworten habe ich keine Kraft.

Ich werde von Madlen ins Bad gebracht, um meinen Finger abzuwaschen. Beruhigt habe ich mich noch nicht.

Ich will zu meiner Schwester, aber ausgerechnet heute ist sie mit ihrer Klasse weg, was mir erst später wieder einfällt. Und dann das doppelte Pech: ausgerechnet in diesem Moment ist die Direktorin aus dem Lehrerklo gekommen. Und eines ist klar: begeistert sieht sie nicht aus.

„Was ist denn hier los?", will sie sofort wissen.

„Es gab eine kleine Prügelei mit den Jungs."

„Haben die angefangen?"

„Nein, ich", sage ich so ehrlich wie ich eben bin.

Allerdings fällt es mir schwer zu antworten, daher lasse ich Madlen und sie weiterreden. Ich bin immer noch zu aufgelöst. Sie will wissen, wo und mit wem wir nun haben.

Sie gehen hoch, die Dumme kommt noch dazu und nimmt mich mit um mich zu versorgen. Sie setzt sich mit mir in den Glaskasten. Ich reise mir den anstehenden Teil Nagel ab, weil es mich nervt, dass sie das Pflaster hin und her nimmt, aber nicht drauf tut, weil sie mir nicht weh tun will.

„Du bist aber mutig."

„Was?"

„Dass du dir den Nagel einfach abreist."

Was soll denn daran mutig sein?

Zwischendurch sehe ich Leute aus meiner Klasse, die aufs Klo müssen.

„Geh mal hoch etwas trinken, du siehst so blas aus."

„Lieber nicht." -Abgesehen davon, dass ich sowieso immer blass aussehe.

„Doch. Geh mal was trinken."

Ich versuche abzublocken, aber sie drängt mich weiter, also gebe ich nach. Ich muss ja nicht wirklich was trinken gehen.

Ich laufe hoch und warte eine kurze Zeit ab. Von draußen versuche ich zu verstehen, was sie sagen. Wie erwartet, sie machen mich wieder zur Schuldigen.

Langsam gehe ich wieder runter. Eine kurze Zeit bleibe ich noch bei der Dummen, bis sie mich fragt, ob ich mich wieder beruhigt habe.

Ich nicke nur und gehe diesmal wirklich in die Klasse. Die blöden Blicke ignoriere ich und gehen ganz nach hinten durch den Raum, direkt zu meinem Platz. Ich reagiere auf nichts, versuche mich nicht mehr zu verteidigen, bleibe einfach in meinen Gedanken.

Ich bin einfach zu erschöpft dazu, mich zu verteidigen. Erschöpft und alleine.

Neben mir sitzen Madlen und die Zwillinge Melissa und Elissa. Mit ihnen verstehe ich mich auch noch recht gut. Sie haben meine Sachen mit reingenommen.

Wieder wird schlecht über mich geredet, doch Madlen und die Zwillinge versuchen mich zu beruhigen.

Eine komplette Stunde dieses Generve. Zum Glück haben wir nach der Stunde Schluss. Ich habe keine Lust das alles noch länger mitmachen zu müssen.

Melissa sieht verstört aus. Ich weiß, dass sie manchmal sowas in der Art wie Anfälle bekommt. Sie hat in dieser Klasse recht schnell in eine Essstörung gefunden. Wen wundert es noch? Hier sind alle mega oberflächlich. Am liebsten würde ich ihr jetzt sagen, dass sie etwas essen sollte, damit es ihr besser geht, doch da würde sie nur durchdrehen und eher kotzen, anstatt zu essen.

Ich weiß nicht, wie ich ihr helfen kann, auch wenn ich es gerne würde, nur weiß ich leider nicht mal, wie ich mir selber helfen soll.

Warum ich mir überhaupt helfen soll? Habe ich das denn wirklich verdient, so schrecklich behandelt zu werden? Vielleicht habe ich es ja wirklich verdient. Warum sollte jemand so etwas Schlimmes grundlos machen? Aber da fallen mir wieder ihre Worte ein: *Weil du hässlich und scheiße bist.*

Das ist so ... Ich weiß nicht mal, was ich dazu sagen soll.

Aus dem Ganzen ist nicht wirklich was geworden. Viel Gerede, nichts dahinter. Eine sinnlose Diskussion, durch die ich mich noch viel mehr in die Opferposition versetzt fühle. Alle gegen mich. Und später werden ein paar wieder so scheinheilig tun, als wären sie nicht gegen mich und dass wenn ich Probleme habe, gerne zu ihnen kommen kann. Auf so falsche Schlangen kann ich gerne verzichten.

Der restliche Schultag schwebt einfach wie eine Wolke an mir vorbei. Nichts kommt mehr bei mir an. Mein Kopf ist leer.

Ich will einfach nur hier weg. Will dem Ganzen entkommen.

Will allem einfach nur ein Ende setzen.

Klingel.

Schulschluss.

Ich will so schnell weg, dass ich sogar vergesse, dass Madlen nach der Schule immer nochmal mit mir warten will.

Schnell laufe ich davon. Nur um hinter mir wen zu hören. Die größten Arschgeigen der Geschichte dieser Schule.

„Schnell, ruft die Polizei, hier läuft eine aggressive Wilde rum." War ja klar, dass sowas kommen muss. „Die gehört eingefangen und am besten noch eingeschläfert."

Lächeln. Egal wie scheiße alles ist, einfach lächeln, dann kannst du dir zumindest einreden, dass alles gut ist.

Ignorieren. Überhören. Weitergehen.

„Vielleicht sollte die mal jemand richtig hart durchnehmen, damit die wieder ruhiger wird."

„Ach komm, die hat doch einfach nur ihre Tage." Der Oberarsch kommt zu mir und packt mich am Arm, seine Genossen bleiben mit etwas Abstand zurück. Seine Berührung widert mich an. „Soll ich dich mal beruhigen?"

Angewidert sehe ich ihn an. Tickt der noch ganz richtig? Hat der das gerade wirklich gesagt und dann auch noch ernst gemeint? „Sag mal, hackt?", frage ich ihn und drehe mich zu ihm um. Der Kerl hat doch einen totalen Schaden.

„Kannst es ruhig zugeben, dass du es nötig hast."

„Dein Maul sollte man mal mit einer Klobürste schrubben, bei so viel Scheiße wie da dran klebt. Denn nötig habe ich sowas ganz bestimmt nicht und erst recht nicht von so einem wie dir! Viel eher hast du mal ein paar ordentlich sitzende Schläge verdient und benötigt!"

„Willst du als Frau gerade wirklich einem Mann Schläge drohen? Dabei ist doch klar, dass Frauen Männern um einiges unterlegen sind, in der Kraft, wie auch in der Intelligenz."

„Na wenn das so ist, dann scheinst du ja die Regel mit der Ausnahme zu bestätigen. Aber wahrscheinlicher ist, dass eure Muskelmasse eure Gehirnmasse so stark zerquetscht, dass nichts gescheites mehr raus kommt und ihr dieser Meinung seid. Und auch der Meinung mit Gewalt alles regeln zu müssen."

„Du hast mir gerade Schläge angedroht. Ist das nicht also eher bei dir der Fall?"

„Da ihr mir zuerst eine Vergewaltigung angedroht habt - was auch eine Form von Gewalt ist - habe ich mich nur verteidigt. Aber ihr habt das wohl einfach nötig, um euer sehr weit unten liegendes Selbstwertgefühl aufzubauen. Ein wahrlich trauriger Haufen. Und dann auch noch so Trieb gesteuert. Wie tragisch. Also mit klar denken und intelligent denken, da kann ich bei euch leider nichts sehen, ja nicht mal ansatzweise erkennen."

Ich kann die Ader auf seiner Stirn pulsieren sehen. Seine Hände ballen sich zu Fäusten und seine Brauen gehen ganz weit nach unten. Er zittert. Auch wenn er es versucht zu unterdrücken, bemerke ich es dennoch. Er kommt mir näher, aber ich weiche nicht zurück. Mein Gesicht ist Ausdruckslos.

Finster, leise und schon beinahe zischend sagt er: „Du solltest lieber vorsichtig sein, ansonsten passiert dir ja vielleicht noch was."

„Ist es doch schon längst." Breit fange ich zu grinsen an. „Und das warst ja auch du. Also sag mir doch bitte nochmal, wer von uns beiden ein aggressiver Wilde ist."

Langsam hebt er seine Faust. Wenn er mich jetzt schlägt, dann gibt er mir recht. Und recht will er mir ganz bestimmt nicht geben. Das merkt er auch schon von alleine.

Die Faust öffnet sich und sein Arm wirft sich um mich.

Sein Gesicht kommt ganz nahe an mein Ohr. „Du glaubst doch nicht etwa, nur weil Du jetzt lächelst, dass sich irgendwas ändern würde? Denn das wird es nicht."

Seine Worte treffen mich, doch ich lasse es mir nicht anmerken. Stattdessen sage ich einfach nur: „Ach ja? Und warum? Ihr wolltet das doch immer und jetzt ist es doch falsch?"

„Nein, mir ist nur aufgefallen, dass es egal ist, wie du guckst. Du wirst einfach immer hässlich sein."

Ich versuche mich von ihm wegzudrücken. „Und egal was du sagst, du wirst immer ein Arsch sein!"

Er drückt fester zu. Ich kann mich kaum aus seinem Griff befreien. Oder besser gesagt: Gar nicht.

„Lass mich los!"

„Warum sollte ich? Komm wir machen jetzt was Schönes." Was versteht er denn unter schön?

Er läuft eine Weile und hält mich dabei so, dass ich kaum etwas sehen kann, nur den Himmel und die Vögel über uns, sowie ein paar Baumkronen, die an uns vorbeiziehen. Seine Meute hat er weggeschickt, die können wohl ohne hin nicht länger.

Wumms. Und ich liege auf dem Boden.

Ich will mich bereits aufstützen - ich bin voll der Nase lang auf dem Boden gelandet - doch da werde ich bereits nach unten gedrückt.

Er reißt mir meinen Rucksack vom Rücken und zieht mich an einen See. Hier ist sonst nie jemand. Hier kann er mit mir machen, was er will. Und er macht mit mir auch, was er will.

Er packt mich an meinen Haaren, weswegen ich

erschrocken und schmerzerfüllt aufschreien, als er mich nach oben mit sich zerrt. Schnell versuche ich aufzustehen, aber so schnell komme ich nicht hinterher, da hat er mich bereits vors Ufer geworfen. Ich sehe direkt in den See. Meine Haare sind ganz zerzaust. Ich realisiere es nicht, bis es passiert.

Er packt mich wieder an meinen Haaren und drückt mich Unterwasser. Meine Luft sprudelt nur aus mir heraus und ich schlage mit meinen Armen um mich, nur um etwas Wasser aufzuspritzen und noch tiefer in das kühle Wasser zu tauchen.

Ein Rutsch von hinten und ich bin ganz drin. Ich bin ganz erschrocken, weiß gar nicht so recht, wo oben und unten ist. Immer mehr Luft, kommt aus mir raus. Das glitzernde Wasser, die Blasen, die Sonne. Es erinnert mich wieder daran, wie ich als Kind beinahe ertrunken wäre.

Sterbe Ich diesmal wirklich? Ist es endlich soweit?

Aber auch diese Hoffnung, sowie alle anderen, wird zerstört. Jemand packt mich und zieht mich raus aus dem Wasser. Ich spüre einen Körper an meinem. Sofort klammere ich mich an das Hemd. Kralle mich regelrecht daran fest. Ich brauche jetzt einfach einen Halt, irgendeinen. Ich huste extrem stark, versuche das ganze Wasser aus mir raus zu bekommen und kann dabei eine Hand auf meinem Rücken spüren. Auf um meine Beine hat sich etwas geschlungen, um mir Halt zu geben. Mein Husten legt sich und mein Atem normalisiert sich. Ich hebe meinen Kopf von der Schulter an und sehe in ein völlig erstarrtes Gesicht. Soweit hat er es wohl nicht treiben wollen.

„Geht's?", fragt er mit zittriger Stimme.

Erst habe ich ihn gar nicht verstanden, weil er so leise gesprochen hat, aber jetzt dringen seine Worte langsam zu mir durch. Ich nicke nur und er bringt uns langsam zurück zum Ufer. Er setzt mich am Rand ab und springt selber aus dem Wasser.

Eine Weile sagt niemand von uns etwas. Er muss erst wieder zu klarem Verstand kommen - falls er den überhaupt je besessen hat - und ich muss mich erst wieder beruhigen.

Sobald das geschafft ist, sehe ich ihn ernst an.

„Was?", fragt er mich. Er klingt auch wieder viel ernster.

„Du hättest mich sterben lassen sollen."

Kurz regt sich etwas in seinen Augen, doch das verschwindet schnell wieder. „Was soll das denn heißen? Damit ich ein Mörder wäre?"

„Zwischen Mobber und Mörder ist ja jetzt kein großer Unterschied. Einer stirbt immer. Und wenn du mich nicht umbringst, dann bring ich dich um. Oder du wirst zum indirektem Mörder, wenn ich wegen dir Selbstmord begehe."

Darauf scheint er nichts als Antwort auf Lager zu haben. Aber ich lasse ihm auch nicht die Zeit dazu.

Ich schnappe mir meinen Rucksack und verschwinde. Seinen Blick kann ich in meinem Rücken stechen spüren. Zum Glück habe ich meinen Rucksack als Schutzschild.

●●●

Der Heimweg kommt mir diesmal ganz kurz vor. Ich bin schnell Zuhause, so sehr hänge ich mit meinen Gedanken noch an diesen Moment. Ich bin noch nass, aber wenigstens tropfe ich nicht mehr.

Es ist noch niemand Zuhause. Ich stapfe in mein Zimmer, zieh mir frische Sachen an, hänge die nassen auf und stopfe meine Schuhe mit Zeitungspapier und Küchenrolle aus. Meine Haare käme ich durch und lass sie einfach trocknen. Sobald sie die Anstalten machen, sich zu locken, käme ich nochmal drüber. Am Ende sind die Spitzen lockig und der Rest glatt.

Ob er auch noch an das denkt, was passiert ist? Ob er noch da ist? Für ihn war das alles immer nur Spaß, aber heute hat er wohl mitbekommen, dass es kein Spaß ist. Er hat den Ernst mitbekommen. Ob er wohl trotzdem weiter machen wird? Ob er es jetzt mit anderen Augen sieht? Oder denkt er sich einfach nur, dass es gar nicht so schlimm sein kann und wenn, dann ist es ihm ja vielleicht auch einfach komplett egal, trotz dessen? Was er wohl denken oder tun würde, wenn ich mich wirklich umbringen würde? Ob er so tun würde, als hätte er mit alldem nichts zu tun gehabt?

Ich leg mich in mein Bett und starre die Decke an. Das war mal wieder eine Situation, über die ich ewig nachdenken werde. Und das über mehrere Tage oder Wochen. Bei manchen Dingen Denke ich sogar noch über Monate hinweg darüber nach.

Ob ich vielleicht einfach zu viel nachdenke? Sollte ich für einen Moment einfach mal damit aufhören? Meinen Kopf leer; frei von allem machen? Dann würde es mir vielleicht auch besser gehen. Ich bin ohnehin schon zu viel am Denken. Manchmal würde es mir wohl wirklich besser gehen, wenn ich einfach mal nichts tun, nichts denken und auch nichts fühlen würde.

Aber was dann? Was tut man, wenn nichts mehr geht? Wenn ich bereits alles getan habe, was sie wollten, aber mich trotzdem nicht in Ruhe lassen; wenn ich ihnen trotz allem, nicht gerecht werden kann, was dann?

Sie werden nie mit mir zufrieden sein. Sie werden mich niemals akzeptieren, ob ich nun ich bin oder nicht, ganz egal was. Akzeptanz ist schwer zu bekommen. Irgendwann wird es jedem zu viel. Mir wird es langsam Zuviel. Und er hat es doch selber gesagt, egal was ich mache, sie werden immer weiter machen.

Soll ich lächeln? Soll ein Lächeln all meine Probleme geradebiegen?

Habe ich das wirklich gedacht? Wie dumm von mir, etwas Derartiges zu erwarten.

Ich will nicht mehr da sein. Wie NF es mal in *Paralized* gesagt hat: *I'm scared to live and I'm scared to di*e. Genauso fühle ich mich auch. Ich will das alles nicht mehr, will nicht mehr leben. Aber an sich will ich eigentlich nicht sterben. Ich will nur da rauskommen. Aus dieser nicht enden wollenden Hölle. Und manchmal ist Selbstmord dann eben der einzige Weg.

Menschen, die selber nicht vom solch einer Situation betroffen sind, und es auch niemals waren, werden es niemals verstehen. Sie glauben, dass die Person dumm war, sich Hilfe hätte suchen können, es immer einen Ausweg gibt, die Person nur übertrieben hat. Aber so einfach ist das alles einfach nicht. Und vielleicht ist man dumm. Nein, dumm nicht, aber man kann eben auch nicht mehr klar denken, sieht keinen anderen Weg mehr, ist mit allem überfordert.

Man wird überall immer von dem Gedanken

beeinträchtigt, ob man die richtige Entscheidung getroffen hat, sonst kann es für dich selber böse enden. Das Problem ist bereits da, wenn man sich zwischen zwei Eissorten entscheiden muss. Und von diesen kleinen Entscheidungen fühlt man sich bereits extrem unter Druck gesetzt. Und wenn dich dann noch jemand dazu drängt, dich endlich zu entscheiden, wird alles nur noch schlimmer. Und in der nächsten Situation wird es dadurch dann ebenfalls schlimmer, weil du noch den dazugekommenen Gedanken hast, dass jemand auf deine Entscheidung wartet.

Ein wirklich schwer liegendes Problem. Aber man kommt da auch einfach nicht mehr raus. Ein elender Teufelskreis. Und ich wünschte, dass es anders wäre, doch es ist so. Und das wohl schlimmste daran, dass ich nicht mal etwas dafürkann. Wie schlimm muss es dann erst sein, wenn ich etwas dafürkann.

Ich bin immer unruhig. In der Schule sage ich lieber nichts, selbst wenn ich die richtige Antwort kenne, kann sie dennoch falsch sein. Und irgendwer wird dann einen Kommentar oder Blick, vielleicht auch ein Lachen von sich geben. Mein Selbstwertgefühl wird von diesen Leuten kleingetreten. Ich bin immer darauf bedacht, nichts Falsches zu sagen oder zu machen, kommunizieren möglichst wenig. Aber immer wieder mache ich etwas falsch.

Irgendwie bin ich ein Pechmagnet. Voller Unlust und negativer Stimmung, gehe ich durch mein Leben.

Ob ein wenig Tagebuchlesen hilft? Da sind doch gute Momente drin.

Ich stehe auf, laufe zu meinem Schrank und suche eins

der Büchlein raus. Zurück auf meinem Bett, mache ich es mir bequem und fange an zu lesen.

Es stehen ein paar schöne Dinge drin, Momente, in denen ich mich gerne wieder befinden würde, die mich glücklich gemacht haben und jetzt traurig machen, weil ich nicht in so einer Situation stecke.

Und dann die Momente, die mich traurig gemacht haben und jetzt noch trauriger machen, weil ich weiß, dass sich nichts geändert hat.

Ich stehe kurz vor einem Heuelanfall. Sofort versuche ich dieses erstickende Gefühl zu unterdrücken. Aber es hilft nichts.

Ich Klappe das schwierige Buch weg und lege mich so hin, dass ich wieder die Decke anstarre.

Ich habe Hunger, aber will mir nichts machen. Dafür müsste ich aufstehen, etwas, worauf ich absolut keine Lust habe. Außerdem sind die zwei Verliebten bestimmt mit sehr intimen Dingen beschäftigen, die ich lieber nicht sehen sollte. Aber vielleicht sind sie auch bereits weg, weil sich irgendwer erbarmt hat, sie im Müll für immer zu vereinen. Aber das glaube ich nicht. Nicht in diesem Haushalt. Die werden sicher noch so lange da sein, bis sie sich vermehrt haben. Und deren Kinder sich dann auch vermehrt haben, bis sie den kompletten Kühlschrank übernommen haben und wir einen neuen brauchen werden.

Von der Küche sollte ich mich solange lieber fernhalten, bis meine Mutter durch einen Wutanfall Entwarnung gibt. Dann bekommen wir wieder eine Standpauke, warum wir unsere faulen Ärsche nicht mal bewegen können, dass wir auch mal was tun könnten und so weiter. Dann nicken wir, sagen nichts, sie wird noch wütender, sagt uns, dass wir gehen sollen. Und dann warten wir bis zur nächsten Katastrophe und somit auch auf die nächste Standpauke. Das mag ich zwar alles auch nicht, aber es ist mir lieber, als mich zu etwas zu bringen, für das ich eh keine Nerven habe.

Durch Selbstmord würde ich dem Ganzen auch entkommen können. Dann würden alle sicher wieder sowas sagen wie, dass ich mich unnötig getötet hätte, was es doch für ein sinnloser Tod wäre, aber für mich nicht. Ich stecke in einer Situation, wo mich sogar meine eigenen Gedanken dazu bringen, mich von allem zu verabschieden. Mein Tod wäre vielleicht sinnlos, aber mein Leben ist es auch. Also nimmt es sich nicht viel. Ich habe sogar ... wie soll ich das sagen? Meine eigene Existenz, meine Gedanken und Erinnerungen, da sind überall diese schrecklichen Erlebnisse, diese Erfahrungen, die mit einem einfachen Lächeln einfach nicht wieder zu richten sind.

Ich bin da, diese Situation ist da. Selbst wenn ich plötzlich nicht mehr da drin wäre, meine eigene Psyche drückt mich mit den Erinnerungen daran nieder und ich kann nichts dagegen tun.

Jeder neue Tag, ist ein weiterer, unglaublich anstrengender Kampf. Für Außenstehende sieht das alles so einfach aus, aber das ist es nicht. Es zerfrisst mich, macht mich kaputt. Ich lebe nicht, ich sterbe lebendig. Und zurück bleibt eine zerbrochene Hülle.

Der Tod scheint manchmal einfach die bessere Methode zu sein, auch wenn es die gesunden Menschen nicht verstehen oder wahrhaben wollen.

Meine Haare sind trocken. Ich käme sie nochmal durch. Tränen liegen in meinen Augen, gegen die ich nichts tun kann.

Was wohl auf meinem Grabstein stehen würde?

Sie hatte einen sinnlosen Tod.

Jung und naiv.

Hatte keine Freunde.

Selbstmörderin, ein weiterer, Grundloser Tod.

Sie hatte ein tolles Leben.

Keine Ahnung, niemand kannte sie und niemand wusste, was sie wollte oder mit ihr los war.

Hier liegt die Dramaqueen.

Gar nichts, denn über eine wie sie, gibt es nichts zu berichten.

Sie war eine von vielen.

Da geht mir noch viel mehr im Kopf rum, das waren jetzt aber die nettesten Dinge, die mir eingefallen sind. Wenn es nach Madlen und den Zwillingen geht - zumindest nach Madlen, mit den Zwillingen habe ich weniger zutun -, dann würden da wahrscheinlich eher andere Dinge draufstehen.

Sie war immer eine richtige Queen (Aber keine Dramaqueen).

Sie wollte schon immer fliegen; sie wollte immer frei wie ein Vogel sein.

Niemand hat verstanden, wie besonders sie war und niemand wird es je verstehen.

Sie war immer speziell, aber speziell-besonders.

Und wenn es nach mir gehen würde, würde wohl dastehen: *Ich wollte nur frei sein. Ich wollte nur, dass es aufhört.*

Keine Ahnung. Mir gehen da zu viele Dinge durch den Kopf und dann würden es so viele werden, dass ich mich nicht mehr entscheiden könnte, welchen Spruch ich nehmen wollen würde.

Es wird ohnehin niemand mein Grab besuchen. Was ich sonst auch ganz schön dumm gefunden hätte, weil ich es ja sowieso nicht mehr mitbekommen würde.

Dann am besten einfach gar kein Grabstein. Dann muss wegen mir auch nicht noch sinnlos Geld verschwendet werden.

Ich will einfach im Wald begraben werden. Was ja leider verboten ist. Und selbst als Asche. So bescheuert.

Wie spät ist es eigentlich? Die Sonne geht doch schon unter. Ich sollte wohl lieber schlafen gehen. Hab wieder mal über zu viel Zeug nachgedacht, über das ich mir ohnehin schon genug Gedanken mache.

Mal gucken wie morgen der Tag wird.

Tag 6

Ein Witz ist lustig,
Aber nur für die, die ihn machen.

Der Frieden beginnt mit einem Lächeln.
-Mutter Teresa

Gestern war komisch. Und ja, ich mache mir deswegen jetzt mega Gedanken. Habe ich ja hervorgesagt. Naja, war halt seltsam. Und es will mir nicht mehr aus dem Kopf gehen.

Ich bekomme die Sonne voll in mein schön schlafendes Gesicht geknallt. Ich könnte noch schöne zwanzig Minuten meines immer übermüdeten da Seins schlafen lassen, aber so werde ich nicht wieder einschlafen können und wenn doch, dann riskiere ich zu spät zur Schule zu kommen (was ich für zwanzig Minuten mehr Schlaf, oder noch mehr Schlaf, definitiv riskieren würde). Aber ich kann es nicht riskieren. Wir schreiben heute eine Arbeit und ich habe keine Lust, sie nachschreiben zu müssen. Außerdem würde meine Mutter sicher durchdrehen und darauf habe ich noch weniger Lust.

Also muss ich mich wohl oder mehr übel, aus meinem warmen und besonders schön kuscheligen Bett wälzen, um in die Hölle jedes Menschen unter achtzehn und über fünf zu gehen. Ich nehme jetzt mal nur die ins Auge, die das Privileg besitzen in eine Schule zu dürfen und nicht die, die wirklich in einer Krisensituation leben.

Ja, wir sind ein schreckliches Volk, können uns nur über alles beschweren, anstatt uns über das zu freuen, was wir haben. Und dann gucken wir immer zu den anderen und sind der Meinung uns würde es am schrecklichsten gehen und deswegen muss jemand uns bemitleiden.

Wirklich bemitleidenswert.

All diese Menschen, die so viel haben, aber immer mehr wollen, nur um dennoch zu sagen, dass sie es am schlimmsten haben. Wie die ganzen falschen

Versprechungen und Lügen eigentlich ... Das heißt dann also, dass wir alle Politiker sind. Politiker, das große und herrschende Übel der Gesellschaft. Politiker ... es gibt so viel Schlechtes, was man über sie sagen kann und wenn es um das Gute geht ... da fällt dann niemandem etwas zu ihnen ein.

Eigentlich wie beim Menschen an sich, nur dass man da versucht diese schreckliche Spezies hoch zu puschen, mit schönen Schleimereien und hübschen Verzierungen, nur um uns nicht eingestehen zu müssen, wie scheiße wir alle doch sind.

Manche bringen sicher das Beispiel, dass wir versuchen Arten zu retten, aber wenn wir nicht wären, gäbe es nichts zu retten.

Wir erschaffen uns unsere eigenen Probleme, um uns dann über diese zu beschweren, zeigen dabei aber immer auf andere und sagen, dass diese Person dran schuld ist. Niemand guckt sich selber an.

Reden von Frieden, aber schaffen Krieg.

Reden von Sozialität und Moral, sind aber immer dabei alles und jeden klein zu machen, an dem man auch nur einen Makel der eigenen Meinung nach findet.

Ich bin gerade erst wach geworden und denke bereits über sowas nach! Was stimmt mit mir nicht? Andere denken als erstes daran, was sie anziehen sollen oder welcher Tag es ist. Ich mache mir sofort über die Probleme der Welt und Gesellschaft Gedanken.

Ob alle depressiven Menschen so etwas tun? Ich meine, wir sehen die Welt immerhin mit anderen Augen. Für uns ist das Leben am Ende angekommen. Wir nehmen alles anders wahr. Alleine unsere Art zu denken, zu sprechen, zu fühlen und zu gehen. Wir sind anders.

Ich rede recht wenig oder mir wird gesagt, dass ich mir Hilfe suchen soll. Aber ich weiß doch gar nicht, wie das gehe soll. Selbst wenn ich spreche, ich weiß ja gar nicht, wie ich mich äußern soll. Ich kann meine Gedanken nicht in Worte fassen. Und dann wollen alle wissen, warum ich nicht antworte. Aber selbst die Erklärung, kann ich nicht in Worte fassen. Dafür bräuchte ich das, was ich denke, was ich eben nicht in Worte, in Erklärungen fassen kann.

Und dann kommen mir wieder diese Gesellschaftlichen Probleme in den Kopf. Und so weiter. Ein richtiger Teufelskreis, aus dem ich einfach nicht rauskomme (mir fällt auf, dass ich ganz schön viel über Teufelskreise, aus denen man/ ich nicht mehr raus kommt/e denke). Meine Existenz versuche ich daher eher mit Zeichensprache und Deutungen zu erklären, aber da ist das nächste Problem: alle wollen immer Worte. Sie scheinen ohne eine wörtliche Sprache nicht klar zu kommen, sich nicht verständigen zu können, wirken verloren.

Warum? Warum verstehen sie es nicht einfach so? Wenn sie mich nicht verstehen können, wie kann ich dann Hilfe von ihnen erwarten? Wenn sie es nicht verstehen, würde ihre Hilfe doch auch verständnislos sein und somit sinnlos. Dabei haben wir doch die Fähigkeit des Kognitiven Denkens. Warum sind alle immer zu faul, diese Fähigkeit zu nutzen?

Die Menschheit steht wirklich am Abgrund und da sind wir auch wieder bei den Problemen der Welt, dem Klimawandel den Menschen erzeugt haben, weil wieder jeder sich weigert, seinen Kopf einzusetzen und lieber faule Ausreden sucht.

Ich dreh mich im Kreis, im Kreis, im Kreis. Und der Kreis hört niemals auf zu drehen. Niemals, so lange ich lebe und dann sterbe ich. Aber sicher ist der Kreisel selbst da noch am Drehen. Denn die Menschheit wird immer dieses selbstverliebte, egoistische und starrköpfige Wesen bleiben, das es im Moment ist.

Nur wenige sind so schlau, sich für Umweltschutz und Tierwohl einzusetzen und Intelligenz zu zeigen. Nur werden diese leider beleidigt oder ihre Ansprechungsformen als Beleidigung benutzt. Öko oder Veganer, das wird negativisiert, obwohl es etwas so Gutes ist.

Aber die Menschen, die es nicht sind, wollen ihren Frust und Intoleranz an diesen Menschen auslassen, weil sie selber einfach zu faul sind oder etwas nicht "einschränken" wollen.

Na dann viel Spaß ihr Fleischesser, wie ihr euch mit Essen nicht einschränken wollt und stattdessen euer eigenes Leben einschränkt.

Es ist nicht mal 8 und es geht weiter mit diesen Gedanken! Gott, was ist los mit mir?

Ich schnapp mir meinen Ranzen und packe mir noch eine neue Flasche Wasser ein, weil mir auffällt, dass meine andere leer ist.

Trinken, etwas so Wichtiges, aber ich vergesse es ständig. Oder ignorieren mein Durstgefühl einfach.

Ich trinke am liebsten Fruchttee, aber ich bin immer zu faul ihn zu machen. Dauert mir zu lange und hält nur einen oder zwei Tage. Und nach einer gewissen Zeit schreckt es auch einfach nur noch abgestanden und nach Sabber. Ekelhaft.

Ich habe keine Lust in die Schule zu gehen. Niemand mag mich. Egal wie ich alles dreh und wende.

Vielleicht gehöre ich einfach nicht hierher. Vielleicht gehöre ich in eine andere Welt. Eine ganz andere. Oder zumindest an einen anderen Ort.

Ich mag es hier sowieso nicht. Warum also nicht einfach verschwinden? Es würde sowieso niemanden Interessieren. Vielleicht ein paar wenige, die ich sicher auch vermissen würde. Aber irgendwann ist es nun mal zu viel und das können dann auch die meist geliebten Personen einfach nicht mehr ändern.

Ich liebe Madlen über alles und auch die Zwillinge mag ich, auch wenn ich bis jetzt nur ein paar Mal etwas über sie gesagt habe. Und ich liebe meine Schwester, manchmal auch meine Mutter. Sogar das Ehepaar im Kühlschrank ist mir doch irgendwie ans Herz gewachsen. Aber genug ist eben genug.

Ich weiß selber nicht, wie lange ich das Ganze noch aushalte. Aber eins ist sicher: Ich habe das alles bereits lange genug ertragen müssen. Ich verstehe jede einzelne Person, die sich bisher selbst das Leben genommen hat. Manche werden bessere und manche werden schlechtere Gründe dafür haben, aber egal wie man es sieht. Es war ihre freie, und bei den meisten auch indirekt (von außen hin) erzwungene, Entscheidung.

Und mir war damals vor zehn Jahren, als das alles angefangen hat, bereits klar, auch wenn es nur unbewusst der Fall war, dass ich mich selber irgendwann deswegen beenden werde. Nicht mal acht – noch viel kleiner - und bereits bei Selbstmordgedanken.

Was ist heute nur los? Ist das sowas wie eine schlechte Vorahnung. Ich wollte doch jetzt einfach nur zur Schule laufen, ohne große Gedanken um Gott und die Welt zu spinnen.

Gott. Gutes Stichwort.

Warum glauben so viele Menschen an einen Fiktiven Charakter im zwanzigsten Jahrhundert? Ich verstehe das nicht. Kann man solche Leute nicht als zurückgeblieben bezeichnen? Immerhin sind die ja schon in der Zeit zurückgeblieben, wenn sie wirklich an sowas denken. Ich selber bin auch der Meinung, dass er sadistisch ist, dieser Gott und nicht barmherzig. Der lässt Kinder sterben und reiche Arschlöcher noch reichere Arschlöcher werden. Allgemein macht dieser ganze Roman nicht gerade viel Sinn. Da widerspricht sich ganz schön viel. Würde gerne mal wissen, welcher Idioten den geschrieben hat. Gibt ja nur leider keinen Autorennamen, weil es ja so aussehen soll, als hätte Gott das geschrieben. Manche Leute haben sich wohl zu viel falsche Sachen reingepfiffen.

Ich laufe zu meinem Klassenraum. Die Schule ist wieder mal stockdunkel. Ich schalte kurz das Licht in dem kleinen Zimmer an, nur um es von dieser schrecklich geblendeten Helligkeit wieder aus zu machen. Außer mir ist noch niemand da.

Schnell setze ich mich auf meinen Platz. Mittlerweile traue ich mich wieder ein Buch mitzunehmen. Das wenige Licht, das bereits durch die großen Fenster scheint, ist mir genug, um die Wörter erkennen zu können.

Ich bin so in das Buch vertieft, dass ich die Schritte erst gar nicht so richtig mitbekomme, die in den Raum kommen. Ich bemerke sie erst, als das Licht wieder an geht.

Ich rechne mit einem Kommentar, doch der Oberidiot verlässt den Raum wieder, sobald er bemerkt, wie einer der anderen etwas sagen will. Das verwundert mich. Was ist denn heute mit ihm los?

Sollte mir ja eigentlich auch egal sein, stattdessen sollte ich mich darüber freuen, dass mein Tag gut anfängt. Seltsam finde ich es dennoch.

Das Licht geht wieder aus und alle sind raus.

Sobald der Unterricht losgeht, wird das Lied wieder sinnlos an gemacht und dann auch angelassen. Dabei ist die Sonne wieder fast ganz oben. Die Gardinen werden zu gemacht, es wird daher zu dunkel und das Licht ist an. Eine Art von Dummheit, die ich einfach nicht verstehen kann. Es ist so eine Stromverschwendung und die Umwelt leidet auch darunter. Das nervt mich jedes Mal auf ein Neues. Aber wenn man mit logischen Argumenten kommt und damit die Fehler einer Person offenbart, dann drehen sowieso immer alle durch und fangen an zu beleidigen, bis hin zu Morddrohungen oder direkten Mord. Das sieht und hört man ja ständig immer und überall.

Das nervt mich.

Es ist klar, dass man die eigenen Fehler nicht so eingestehen will. Man will ja immer recht haben, wenn man das hat, dann wirkt man immerhin schlau und man will ja nicht dumm aussehen.

Ist wieder sowas gesellschaftliches, dass man nicht dumm sein darf. Fehler darf ja auch niemand machen, obwohl es etwas völlig Normales ist. Aber es wird als etwas Schlechtes dargestellt. Fehler machen ist aber nur das eine, sie auch einzusehen etwas anderes. Nur wollen viele ihre Fehler nicht mal einsehen und sich dabei verbessern, sie nicht wieder oder weiter zu machen.

Weg sein.

Weg von hier.

Weg von allem.

Weg von dieser Welt.

Ein Traum, den ich mir nur durch meinen Tod erfüllen könnte.

Ich hasse Menschen. Alle sind immer so verwirrt oder abweisend, wenn ich sowas sage. Sind alle etwa wirklich so blind, meine Gründe nicht sehen oder verstehen zu können? Dabei ist es doch so offensichtlich. Sich als das Höchste und der Spitze der Nahrungskette anzusehen, ist einfach nur falsch. Wir zerstören uns und andere. Und dann tönen wir groß etwas von Moral und wie toll und wichtig wir doch seien. Kuhmist. Alles falsch. Ich hasse sie. Ich hasse sie alle; diese ganze verdammte Spezies.

Und wenn schon vom Teufel gesprochen wird kommt er auch schon durch die Tür gestürmt. Und damit meine ich wirklich gestürmt.

Einer der anderen Idiotengruppe aus der Klasse, kommt in den Raum gerannt, dass die Wände von seinem Getrampel wackeln. Ein Bild an der Wand sieht auch beinahe so aus, als würde es jeden Augenblick vom Haken fallen, auf direktem Wege, kaputt zu gehen. Der Rest seiner vierer Gruppe kommt ebenfalls wie die Wilden hereingestürmt, nur um dann in lautes Gelächter zu verfallen. Auch wenn sie sich eher wie Tiere anhören, die etwas zu Essen sehen und nicht drankommen.

Angewidert sehe ich sie an, nur um selber blöde Gesichter entgegen zu bekommen.

Einer von ihnen kommt auf mich zu und fängt an, mich zu beleidigen. Es wirkt eher harmlos, doch dann kommen die anderen drei noch dazu und es wird immer schlimmer, bis die mir sogar sagen, dass mich hoffentlich jemand vergewaltigt, wenn ich nachts alleine nach Hause gehe. Sie sagen mir auch, dass ich mich begraben soll.

Wegen solchen Kommentaren, würde ich wahrscheinlich meinen starren Schädel quer stellen und doch keinen Selbstmord begehen. Einfach nur, damit die nicht bekommen, was sie wollen: meinen Tod.

Aber ich will und kann mich auch nicht ewig hier durchquälen. Ich wäre irgendwann zwar hier raus, aber ich könnte dem Ganzen dennoch nicht entkommen. Es würde mich so lange verfolgen, bis ich es vergessen hätte.

Aber ich vergesse nicht.

Das ist das Problem. Ich könnte es niemals vergessen. Ich werde ganze Zeit daran erinnert werden. Und das Problem mit Depressionen ist, dass sie plötzlich einfach da sind. Du musst dafür nicht einmal etwas machen. Plötzlich wirst du einfach nur von Gefühlen überrollt. Dir wird alles zu viel. Du willst weg. Selbstmord erscheint als die einfachste Lösung und Menschen nehmen immer die einfachste Lösung, besonders, wenn man eh schon nicht mehr die Kraft zum weiterkämpfen hat.

Mir ist klar, dass es viele nicht verstehen, aber das ist mir dann einfach auch egal. Die tun dann alle immer so, als würde es um sie gehen, dabei ist es überhaupt nicht der Fall. Dann auch noch zu sagen, dass es nicht so schlimm gewesen wäre und es ja keinen Grund dafür gab, toppt das Ganze noch.

Ich bin in diesem Körper und Leben. Ich werde ja wohl am besten wissen, wie es sich anfühlt, wenn ich jeden Tag beleidigt werde.

Wie als würde eine Person, die jeden Tag Rassismus begegnen muss, gesagt bekommt, was Rassismus ist und dass es da ja noch nicht der Fall wäre oder zumindest nicht so schlimm ist.

Nicht so schlimm? Durchlebt diese Scheiße erstmal selbst, bevor ihr so scheinheilige Sprüche von euch gebt und alles nur kleinredet, ohne dass es da etwas klein zureden gibt.

Diese Person braucht Hilfe und nicht den Spruch von wegen es wäre ja nicht so schlimm! Am Ende reden die es sich noch selber ein, bis es noch schlimmer wird, die Person das Problem bei sich selber sucht und nicht an dem eigentlichen Problem: der Person, die ihr etwas so Schreckliches antut.

Wann werden die Menschen endlich aufhören wegzusehen?

Das gilt auch für Tiere. Die sind gegen uns noch machtloser, denn sie haben keine Stimme und werden nur als Objekte angesehen. Zu sagen, sie hätten keine Gefühle oder könnten Schmerzen nicht empfinden, ist einfach nur falsch. So falsch, wie mir eine Flasche an den Kopf zu werfen.

„Sag mal, spinnst du?", schnauze ich den Idioten rechts von mir an. Passt doch super, er ist immerhin auch rechts.

„Nö, ich werfe."

„Und das auch noch mit voller Punktzahl!", ruft der Minianführer. „Mal sehen, ob ich das auch schaffe." Der nächste Wurf.

„Ich auch!"

„Und ich erst!"

Sie versuchen es alle der Reihe nach, bis sie nur noch auf mich einschlagen. Meine Proteste und meine Versuche mich zu wehren ignorieren sie dabei komplett. Bis es mir zu viel wird und ich aufstehen. Ich halte ganze Zeit meine Arme schützend über mich, bis ich rausrenne. Tränen laufen über mein Gesicht. Ich kann ihr Lachen hinterher mir hören, was mich nur noch schneller rennen lässt. Der Oberidiot und seine Truppe bemerke ich dabei erst nicht. Erst als ich in das Mädchenklo geflüchtet bin, realisiere ich, was ich gesehen habe.

Sie haben über meine Erscheinung gelacht, außer der Oberidiot. War das etwa Besorgnis in seinem Blick gewesen? Nein, warum sollte er? Ich habe mir das nur eingebildet. Auch egal. Lange kann ich sowieso nicht drüber nachdenken. Draußen klopfen sie bereits an die Tür.

„Ewig kannst du dich nicht da drin verstecken!"

Dann Lachen.

„Wir werden dich schon noch kriegen! Verlass dich drauf!"

Schnell renne ich in eine Kabine, schließe sie zu, zwäng mich in die Ecke der Wand zwischen das Klo und halte mir schützend meine Hände über meine Ohren.

Sie werden dich nicht bekommen.

Hier bist du sicher.

Hier werden sie sich nicht rein trauen.

Das Klopfen hört auf. Hat jemand vom Lehrpersonal sie erwischt?

Die Tür geht auf. Will vom Lehrpersonal jemand nachsehen? Holen sie mich doch endlich aus dieser nicht enden wollenden Hölle raus?

Nein. Es ist schlimmer. Der Teufel höchstpersönlich legt langsam seine Hände auf die Tür und zeigt langsam sein scheußlich grinsendes Gesicht. Mein Herz fühlt sich beinahe so an, als würde es stoppen.

Ein lauter Schrei entfährt mir, was ihn nur noch breiter grinsen lässt.

„Ich sagte doch, du entkommt mir nicht."

Bevor er drüber klettern kann, macht er ein erschrockenes Gesicht und fällt auf den Boden. Ich höre ein lautes Krachen, dann ein: „Lass sie in Ruhe."

Unter der Lücke der Tür kann ich ein neues Schuhpaar sehen. Der Kerl auf dem Boden sieht verängstigt nach oben.

Langsam krieche ich aus meiner Ecke und schließe die Tür auf. Ein kleiner offener Spalt reicht, um zu sehen, was geschieht.

„Was soll die Scheiße?", brüllt er den Oberidiot an. „Ich sagte, du sollst sie in Ruhe lassen!"

„Warum? Du machst das doch auch mit ihr. Warum sollten wir da was anderes machen? Außerdem hast du mir überhaupt nichts zu sagen!" Er versucht vom Boden aufzustehen, der Oberidiot drückt ihn allerdings wieder nach unten. Er will etwas sagen, da kommt jemand reingelaufen.

Mit schockierter Stimme fragt eine Lehrerin: „Was ist denn hier los? Mitkommen, beide!"

„Aber-"

„Mitkommen!" Mich bemerkt sie dabei zum Glück nicht.

Sobald sie draußen sind und ich nur noch hören kann, wie sie eine Predigt darüber hält, dass das das Mädchenklo ist und sie da nichts zu suchen haben und besonders nicht zum Kämpfen - und sie allgemein nicht kämpfen sollen - komme ich aus meinem Versteck hervorgekrochen und laufe langsam und unauffällig zurück in das Klassenzimmer, das bereits dabei ist, sich zu füllen.

„Hast du das eben gesehen? Wie die Schimmerling die beiden mitgenommen hat. Was die wohl diesmal wieder ausgefressen haben?"

„Ja. Die hat die beiden wohl im Mädchenklo kämpfen sehen."

„Die sind auch zwei so Mädchen."

Und du ein Sexist.

Mich bemerkt niemand. Ich bin wie unsichtbar. Alle ignorieren mich. Ob überhaupt jemand bemerken würde, wenn ich weg wäre?

Zurück auf meinem Platz, nehme ich mir wieder mein Buch in die Hand und lese weiter. Zumindest versuche ich es. Aber Madlen kommt bereits völlig verwundert reingestürmt.

„El, hey."

„Hey."

„Alles in Ordnung bei dir?"

„Ja, wieso?"

„Weil du so verheult aussiehst."

Soll ich es ihr sagen? Nein, da würde sie sich nur wieder aufregen. Und am Ende bringt es wieder nichts.

„Musste ganz oft niesen und ich bin noch völlig müde."

Sie nickt leicht. „Ach so. Na dann. Aber ist bei mir auch so. Ich hätte gerne noch ein wenig mehr geschlafen."

Ich lächle.

Ich auch. Aber ich würde am liebsten ja für immer schlafen.

Buch, tut mir leid, ich muss dich jetzt leider weglegen.

Klapp. Zu. Auf den Tisch gelegt.

„Aber sag mal, weißt du, warum die beiden Vollidiot zu Frau Schimmerling ins Büro mussten?"

Erst will ich es ihr sagen, öffne sogar bereits meinen Mund, lasse es dann aber doch bleiben. Sofort schüttle ich meinen Kopf. „Nö, keine Ahnung. Aber du kennst die doch, die machen ja immer irgendwelchen Blödsinn. Muss man nicht verstehen."

„Nur ist es diesmal das erste Mal, dass sie scheinbar wirklich Ärger dafür bekommen."

„Schon."

Ich spüre stechende Blicke in meinem Rücken.

„Und sag mal, hat das vielleicht etwas mit dir zu tun?"

„Mit mir? Wieso denn?"

„Weil die Kerls da dich ganze Zeit mit finsteren Blicken zu erstechen versuchen."

„Nein, keine Ahnung. Aber die haben ja eh immer etwas gegen mich."

„Stimmt schon, ist heute nur irgendwie so extrem."

„Findest du? Ich bemerke da bereits keine Unterschiede

mehr."

Ein mitleidiger Blick legt sich auf ihr Gesicht. Ich mag das nicht und das weiß sie auch. Da fühle ich mich gleich noch schlechter und hilfloser. „El, das ist wirklich nicht gut so. Überhaupt nicht. Wir sollten deswegen wirklich Hilfe suchen."

„Meinst du so, wie die letzten Male, die es entweder schlimmer gemacht haben oder sowieso nie was gebracht haben? Nein, danke. Da kann ich gut drauf verzichten. Ich brauche nicht noch mehr Zeitverschwendung. Meine Zeit kann ich auch mit anderen Sachen verschwenden. Aber da dann wenigstens auf eine bessere Art."

„Das sagst du immer."

„Weil es nun mal auch immer die Wahrheit ist."

Sie weiß, dass sie jetzt nichts mehr sagen kann, was mich zu etwas anderem umstimmen würde. Wir kennen uns beide einfach zu gut. Wir haben so viel miteinander durchgemacht. Wichtige Dinge im Leben: die erste Regelblutung, erstes Mal verliebt, erstes Mal Alkohol konsumieren und so viel mehr.

Besonders der Alkohol ist mir im Kopf geblieben. Da hatten wir einen Film zusammen gesehen. Am Ende oder Anfang des Films stand auf wahrer Begebenheit. Da hatten wir bereits zu viel getrunken. Da hat eine von uns gefragt: „Was heißt eigentlich auf wahrer Begebenheit?"

„Ich glaube was, was wirklich passiert ist."

„Wie hieß der Film nochmal."

„Zurück zu der Zeit oder auf die Zeit oder so?"

„Hieß der nicht zurück durch die Zeit?"

„Oh ja, *wir* sind durch!"

„Alter, wir gucken einen Horrorfilm, war das mit der Zeit

nicht ne Komödie?"

Danach waren wir nur noch am Lachen, während im Hintergrund jemand um sein Leben rannte und schrie.

Damals waren noch lustige Zeiten. Heute nur noch tragische. Mein Wunsch nach dem Tod wird immer größer. Auch wenn es ja nicht der Wunsch zum Sterben, sondern nur der Wunsch, um es zu beenden ist. Ändern kann ich es aber eh nicht mehr.

„Wir können ja heute zusammen zu dir und irgendwas zusammen machen?" Erwartungsvoll guckt Madlen mich an.

„Das würde sich wirklich super anhören. Nur ... Musst du heute nicht noch arbeiten?"

„Ach ja, stimmt, das habe ich völlig vergessen!" Deprimiert lässt sie ihren Kopf hängen. „Och man, ich wollte endlich mal wieder etwas mit dir unternehmen. So ein Mist aber auch."

„Ja, wäre schon lustig gewesen. Aber am Wochenende musst du doch nicht arbeiten. Da können wir doch eine Übernachtung mit Film, Spiel und Essen machen."

„Oh ja, das hört sich super an! Ich will eh endlich mal aus dieser langweilen Wohnung raus und was unternehmen." Madlen ihre Depressionen vergesse ich manchmal völlig. Ich bin so mit meinen eigenen beschäftigt, dass ich es bei ihr gar nicht so im Blick habe. Dazu wirkt sie immer fröhlich, da glaubt man gar nicht so richtig, dass sie depressiv ist. Aber sie kann sich auch wirklich gut verstellen.

„Ein bisschen Ruhe und Abstand zum Alltag würde uns beiden sicher guttun." Ich sage das in einem Ton, dass Madlen sofort mitbekommt, was ich meine. „Keine Sorge, bei mir läuft es momentan eigentlich ganz gut."

„Werde ich ja am Wochenende sehen. Wenn du da glücklicher als jetzt wirkst oder noch genauso falsch lächeln tust."

„Ich lächle gar nicht falsch!"

„Doch, tust du. Merkt nur niemand außer mir."

„Das-"

„-werden wir in der Pause weiter besprechen, denn der Unterricht hat bereits angefangen. Frau Schimmerling kommt gleich bestimmt mit den zwei Idioten rein."

Madlen packt schnell ihre Sachen aus und setzt sich dann auf ihren Platz.

Wir mussten noch zehn Minuten warten, bis sie endlich auftauchte, sich entschuldigte, dass wir alle so lange zu warten hatten - sie hatte noch etwas zu klären - und wir mit dem Unterricht loslegten.

Während des Unterrichtes wurde allerdings nur überall getuschelt, was denn nun passiert sein mochte.

„Da sind aber ganz schön viele Theorien zusammengekommen", meint Madlen und streckt sich erstmal ordentlich. Wir setzten uns auf unsere Bank. „Ich habe da auch so eine Theorie zusammengestellt."

„Ja. Mir egal. Lass uns lieber über unser Wochenende reden. Lass was planen."

„Warum bist du denn da jetzt so? Hat das Ganze etwa doch etwas mit dir zu tun?"

Ich will nicht darüber reden, merke es doch endlich mal.

Sie muss wohl merken, dass mir das alles zu unangenehm ist, da sie sofort anfängt vom Wochenende zu reden. „Bis zum Wochenende dauert es ja noch ein paar Tage. Aber wir können ja schon ein paar Filme raussuchen, die wir gut finden. Du machst eine Liste und ich mache eine. Die tauschen wir dann und kreuzen die Filme an, die uns auch zusagen. Snacks und so können wir uns ja auch schon zusammensuchen."

„Du hast ja wirklich schon richtige Pläne."

„Ich bin halt die Planungskönigin."

Da muss ich lachen.

„Was lachst du denn da so doof? Stimmt doch!"

„Ja, aber einfach wie du es gesagt hast und dabei Brust raus, Fäuste in die Hüfte stemmen und Kinn hoch, mit eingebildetem Blick."

„Meinst du etwa so?" Sie macht wieder die genannte Pose und ich falle sofort wieder in tiefes Lachen.

Den restlichen Tag passierte nicht viel. Madlen ist nur schnell zur Arbeit gerannt. Ich bin nochmal aufs Klo -ein traumatischer Ort, der mich noch mehr traumatisieren sollte. Denn sobald ich raus will, geht die Tür nicht mehr auf.

„Hallo?"

Keine Antwort.

„Hallo?"

Immer noch keine Antwort.

„Ist da jemand?"

Ich rüttle erneut an der Tür. Immer noch nichts.

„Hallo? Lass mich raus!"

Beinahe würde ich verzweifeln, aber da fällt mir ein, dass ich einfach über die Kabine klettern kann. Sobald ich drüber bin, sehe ich einen angekippten Stuhl auf dem ein Zettel liegt.

Nicht rauslassen! Gefährliches und hochgradig hässliches, ansteckendes Monster.

Idioten. Können die mich nicht wenigstens zum Schulschluss in Ruhe lassen? Ist das wirklich zu viel verlangt?
Ich gehe nach draußen und lasse es einfach so, wie es ist, dastehen.
Welche von den beiden Idiotentruppen waren das wohl?
Sobald ich aus der Schule laufe, wird mir hinterhergerufen: „Glaube ja nicht, dass nur weil du jetzt einen Beschützer hast, sicher vor uns wärst!"

Ich gehe nicht weiter darauf ein und laufe nach Hause, wo ich sofort ins Bett falle, ohne weiter über irgendwas nachzudenken, etwas zu essen oder sonst was.

Nur eine Frage schwirrt noch in meinem Kopf rum: *Was für einen Beschützer hat er denn gemeint?*

Tag 7

Die Welt ist schön,
Aber nur für die, die nicht leiden.

Lächle. Es ist das Zweitbeste, was man mit
seinen Lippen machen kann.
-Jill Shalvis

Ich wache relativ früh auf. Ich wache zwar immer früh auf, aber eher ungern. Danach versuche ich dann auch immer weiter zu schlafen. Nur heute ist das irgendwie seltsamerweise nicht der Fall. Stattdessen stehe ich putzmunter auf und mache mir Frühstück.

Ich mache mir Frühstück! Sonst verpasse ich sogar mir welches einzupacken, weil ich lieber noch länger schlafe. Aber heute ist es anders.

Heute ist irgendwie alles anders. Woran das wohl liegt? Ist das vielleicht eine Art böse Vorahnung oder so? Sollte ich mir lieber Gedanken darüber machen?

Ich sehe auf die Uhr. Eine Stunde bevor ich überhaupt erst aufstehe! Was soll ich die Zeit über noch tun?

Aus Schlafen wird jetzt nichts mehr.

Lesen klingt gut. Aktuell lese ich einen Roman. Wie in fast allen Romanen, ist da auch was mit Liebe drin. Und diese Liebe ist mal wieder total unrealistisch.

Sofort verlieben sie sich in einander und glauben, nur weil sie die Person gesehen haben, mit ihr für immer zusammen zu bleiben.

Natürlich kommen sie zusammen.

Es kommt auch immer wieder, wie wunderschön man die oder den andere/n findet.

Ich würde gerne mal was zum Charakter lesen. Oder zumindest, dass sie eine richtige Beziehung erstmal aufbaut. Aber nein, die sind ja alle innerhalb ein oder höchstens drei Tagen zusammen! So ätzend!

Liebe ist doch kein Blitzschlag, der einen erschlägt, sondern ein Gefühl das sich normal entwickeln muss.

Aber   was   weiß   ich   schon   davon?   Eine

Selbstmordgefährdete, die noch nie in ihrem Leben in einer Beziehung war oder sich richtig verliebt hat und dazu noch in die richtige Person. Ich würde wohl als das Herzensbrecherweib hingestellt werden, das ich wohl einfach auch bin. Unromantisch und keine Ahnung von der *Wahrenliebe*, an die man glaubt, indem man jemanden total toll findet, indem man die Person nach ihrem Aussehen bewertet und das ist dann: Liebe.

Was ein seltsames Konstrukt.

Wenn Liebe wirklich so funktioniert, dann will ich sie nicht. Der Kerl muss doch wenigstens irgendwas Besonderes gemacht haben, aber nein, er sieht einfach nur gut aus. Das ist so eine oberflächliche Sache.

Wundert mich nicht, wenn Kerle Frauen als oberflächlich ansehen. Aber was dagegen sagen können sie auch nicht, denn Kerle sind selber total oberflächlich.

Und dann lese ich noch weiter.

Manche Sachen sind so ... Man weiß einfach nicht ob man heulen oder lachen soll, so unrealistisch bescheuert ist es einfach. Am beste einfach nicht drüber aufregen, dann geht es schon. Einfach eine genauso dumme rosarote Brille aufsetzen, wie diese hormongesteuerten Hauptcharaktere. Noch einen Schluck aus meiner Hormongefüllten Tasse trinken und sofort passe ich super hinein. Die Figur in dem Buch kann durch die Zeitreise.

Ach ja, damals, als alles noch mit Mensch und Elektronik anders rum war. Damals waren Menschen leistungsfähig und schlank und Elektronik langsam und dick. Heute sind die Technischengeräte leistungsfähig und schlank und die Menschen langsam und dick. Menschen werden dicker und Elektronik dünner. Lustig. Dabei soll die uns ja eigentlich vor Krankheiten bewahren.

Und dann ist da noch das Glücklichsein.

Ich habe Angst davor, glücklich zu sein. Dabei weiß ich, dass es eigentlich etwas Besseres ist. Aber wenn man glücklich ist, dann kann man tief fallen. Aber wenn ich bereits tief bin, dann kann ich nicht fallen. Dann tut es auch nicht so weh, wenn man mich verletzt. Ich bin bereits daran gewöhnt. So tief wie möglich zu sein, ist der beste Eigenschutz, den es da geben kann. Ich weiß sowieso nicht, wie ich glücklich sein soll. Die Angst zu fallen ist größer. Und ich würde fallen. Ich würde es definitiv.

Es geht tief, ganz tief. Für alle geht es tief, nur für mich nicht, denn ich bin bereits tief. Da muss man auch nicht auf meine Größe anspielen, wie es meine Schwester so gerne tut. Aber die hat ja letztens lieber gesagt, dass ich das Ergebnis einer unglücklichen Ehe bin. Auf meine Frage, warum sie es nicht ist, hatte sie nur geantwortet: „Weil ich das Ergebnis einer unglücklichen Beziehung bin."

Wenn ich das Ergebnis von Unglück bin, muss ich dann nicht automatisch unglücklich sein?

Ungewollt.

Ungewollt von den Menschen.

Ungewollt von der Welt.

Da kann ich auch einfach genauso gut verschwinden.

Meine Schwester liebt mich über alles, aber sie würde es verstehen. Wir haben bereits oft darüber gesprochen: Sollte sich die eine dazu entscheiden, zu gehen, dann wird die andere nichts dagegen unternehmen. Wir lassen es einfach geschehen. Eine andere Art von Unterstützung.

Wir verstehen einander. Wir wissen, was die jeweils andere will.

Hat sich je jemand Gedanken darum gemacht, was es wirklich bedeutet, dass wir nicht für uns selber leben? Wir leben für andere. Aber damit leiden wir auch für andere. Ich will nicht für andere leben, aber ich werde für -nein, ich werde wegen anderen sterben.

Die Bedeutung hat sich wohl kaum mal jemand wirklich durch den Kopf gehen lassen. Hat sich überhaupt mal jemand diese Worte durch den Kopf gehen lassen?

Mein Herz brennt. Von jedem schlägt das Herz und es ist warm. Doch bei mir brennt es, wie bei vielen anderen auch, deren Schmerz einfach ignoriert wird. Ich lebe nicht, ich leide. Ich brenne in mir drin, doch niemanden interessiert es, stattdessen werfen sie noch mehr Feuer auf mich, schütten mehr Benzin in den überfüllten, heißen Tank, der jeden Augenblick zu explodieren droht.

Lächle. Lächle einfach, sollen sie doch denken, dass alles gut ist. Zu sehen, wie schlecht es dir geht, hat ja auch nichts geändert. Sie werden einfach nur denken: *Ein Problem weniger, vor dem wir unsere Augen versperren müssen.*

Ein Problem weniger, das es zu ignorieren gilt.

Ein Problem weniger, mit dem ich mich nicht auseinandersetzen will.

Ein Problem weniger.

Anders wird es niemals laufen. Wer etwas anderes behauptet, ist nie in solch einer Situation gewesen. Es sind immer die, die, die die wenigsten Probleme haben, die die großen Töne spuken. Sie werden sicher auch ihre Probleme haben, müssen dann aber trotzdem nicht so

163

tun, als wären meine Probleme nichts. Meine Probleme sind für mich genauso real, wie die Luft, die wir atmen.
Ihr könnt sie nicht sehen, aber ich kann sie spüren.

Langsam sehe ich auf die Uhr. Ich bin mal wieder so in Gedanken versunken, dass ich gar nicht mitbekomme, wie spät es bereits ist.
Ich stehe auf und laufe zur Schule.

Früher als erwartet komme ich dennoch an.
Dunkel. Alles dunkel. Keine Geräusche, außer dem Blut in meinen Ohren, das seinen Weg geht.
Es ist Zeit, dass ich mal an irgendwas denke, was nicht so tiefgründig und trübsinnig ist -oder hieß das trübselig? Wohl einfach beides.
Meine Sinne sind trüb und meine Seele ebenfalls. Meine Gedanken genauso.
Ich bin weg. Ich bin einfach nur weg.
Meine Existenz ist ebenfalls bald weg. Einfach weg. Weg für immer und ewige.
So oder so, fallen meine Gedanken verdammter Weise wieder in die falsche Richtung. Und damit meine ich wirklich, dass sie fallen. Sie sollen aufsteigen, so leicht wie eine Feder. Mich hoch in den Himmel befördern, wo alles hell und strahlend ist. Weg von der blöden Realität, die mich sowieso jeden Tag aufs Neue weiter kaputt macht.
Ob alles Gute so schlecht gemacht wird und alles Schlechte so gut, damit man keine Angst vor dem Abgrund haben muss? Vielleicht. Vielleicht auch nicht.
Vielleicht sind Menschen einfach nur Arschlöcher, die

was schlecht zu reden haben. Egal, was es ist. Egal, wie es ist. Es ist, wie es ist. Und es ist scheiße.

Ich sehe erneut auf die Uhr. Sieben Minuten sind vergangen, weniger, als ich erwartet habe, dafür, dass meine Gedanken so weitläufig sind. Umherwandern. Sollte ich die Zeit über vielleicht einfach umherwandern? Ich könnte. Aber ich habe einfach kein Elan zum Wandern. Ich würde mich am liebsten überhaupt nicht bewegen.

Aber wie jeden Morgen, muss ich mal aufs Klo. Also muss ich mich zum Aufstehen bewegen, bevor mir meine Blase platzt und noch schlimmer wehtut, als ohnehin schon, wenn ich es zu lange verdränge.

Die Flure sind dunkel, nur meine Schritte hallen im Flur und zeigen so, dass da etwas ist.

Ich komme vom Klo zurück und wie erwartet, sind die Idioten bereits da. Ihre Sachen sind an ihren Plätzen, von ihnen ist jedoch keine Spur zu sehen.

Madlen ist wiedermal nicht da. Irgendwas wegen ihrer Mutter.

Bei den Zwillingen fehlt auch eine. Aufgrund ihrer Magersucht musste sie ins Krankenhaus eingeliefert werden. Sie ist wohl am Frühstückstisch zusammen-gebrochen, als sie wiedermal Kopfschüttelnd ihr Essen verweigert hat.

Deswegen habe ich mich mit ihrer Schwester an einen Tisch gesetzt. So können wir uns wenigstens etwas sicherer und geschützter vor irgendwelchen Idioten fühlen.

Und obwohl der Tag recht Ereignislos Beginn und auch voranschreitet, habe ich irgendwie schon den kompletten Tag über, ein unwohles Gefühl. Ob ich wohl deswegen so früh aufgestanden bin, weil ich bereits da dieses Gefühl hatte?

Wir haben heute nur sechs Stunden: Mathe (wie immer habe ich nichts verstanden und konnte dementsprechend dem Faden nicht folgen), zwei Stunden Deutsch (mussten wir etwas ausarbeiten, das ich nur halbherzig schnell hingeschrieben habe und meiste Zeit nur vor mich hingestarrt habe, völlig in meinen üblichen Gedanken versunken), Geschichte (wo wir einfach nur einen Film geguckt haben, wo die Hälfte fast eingeschlafen ist -ich nicht, ich liebe Geschichte), Biologie (wo es wie immer zu nichts gekommen ist, weil dort niemand zuhört und nur irgendwelchen Blödsinn macht) und Chemie (wo eine dieser Urschalen - oder wie die nochmal heißen - explodiert, beziehungsweise zersprungen und mir beinahe ins Gesicht geflogen ist, weswegen es ganz schön großes Gelächter gab) -genau in dieser Reihenfolge.

Ich habe stattdessen Weihnachtslieder und Gedichte im Kopf. Keine Ahnung, wie ich darauf komme. Aber ich hasse dieses ganze Weihnachtszeug.

Soll ich es auch mal versuchen?

Weihnachtsmann, oh Weihnachtsmann.
Wer hat dich denn abgebrannt?
Solltest den Kindern doch schöne Gaben geben.
Und wo ist deine Frau geblieben?
Ach gegangen, das ist sie.

Und nun musst du saufen gehen, aber dem Branding
CocaCola gehörst du an, weswegen du nur Cola saufen
kannst.
Weinst dich immer durch die Nacht.
Oh Weihnachtsmann, oh Weihnachtsmann.
Tu dir doch sowas nicht mehr an.

Oder wie wäre es hiermit?:

Der Weihnachtsmann ist ausgebrannt.
Hiai, hiai oh.
Der Weihnachtsmann ist ausgebrannt.
Hiai, hiai, oh.

Nein, falsches Rhythmuslied. Passt ja gar nicht zu Weihnachten, so ein Bauernhofslied. Abgesehen von den Tieren, die für Weihnachten umgebracht werden.

Ohho, Weihnachtsmann.
Ohho, Weihnachtsmann.
Was schaust du mich so bö-höse an?
Ohho, Weihnachtsmann.
Ohho, Weihnachtsmann.
Hab' ich dir was getan?
Die Glocken klingen wunderbar.
Dein Bart ist so ein Seidenes Haar.
Ohho, Weihnachtsmann.
Ohho, Weihnachtsmann.
Was schaust du mich so an?
Die Schlitten fahren durch und durch.
Die Anzeigen fliegen um dich rum.

Die Menschen mögen es gar nicht sehr, wenn man bei ihnen ein-bricht.

Immer diese Deutschen. So undankbar, für ein Geschenk noch zu klagen. Und auch viele Rassisten sind dabei. Wie wäre es also damit, als nächstes?:

Der Weihnachtsmann, ist kein Deutschermann.
Der Weihnachtsmann, kommt aus Norden.
Der Norden ist nicht gern geseh'n.
Nun muss er wieder geh'n.
Die Abschiebung ist gern geseh'n und der Weihnachtsmann ist nie zu seh'n.
Soll doch mal der Jäger komm, dann wird es wie bei Schneewittche-en sei~n.

Zu viel?
   Ein wenig übertrieben?
   Vielleicht.
   Ist mir aber egal. Ich mach nämlich trotzdem einfach weiter, weil ich nun mal so bin. Da könnte man ein Lied draus machen!

Weil ich nun mal so bin
Lebe hier gehe da
Weil ich nun mal so bin
Ich bin klasse, das ist wahr.
Weil ich nun mal so bin
Niemand hier auf den ich hör
Weil ich nun mal so-o bin
Weil ich nun mal so-o bin
Weil ich nun mal so bin

Stehe auf und hör kein Wort
(Weil ich nun mal so bin)
Träume einfach vor mich hin
(Weil ich nun mal so bin)
Niemand hier auf den ich hör
(Weil ich nun mal so bin)
Gehe raus und nehm' mich hin
Weil ich nun mal so bin
Weil ich nun mal so bin
Weil ich nun mal so bin

Alle sind mir scheißegal
(Weil sie nun mal so sind)
Alle haben einen Knall
(Weil sie nun mal so sind)
Alle reden auf mich ein
(Weil sie nun mal so sind)
Alle lassen mir keine Wahl
Weil sie nun mal so sind
Weil sie nun mal so sind
Weil sie nun mal so sind

Doch das ist mir egal
Ja das ist mir egal
Mir ist alles egal
Weil ich nun mal so bin
Weil ich nun mal so bin
Weil ich nun mal so bin

Ich sollte mich Goethe oder Schiller nennen. Schillernd
wie Schiller. Schimmer Schiller Trillerpfeife,
  denn wie er,

bin auch ich,
eine Pfeife.
Goethe Kröte, der Qua(r)kigste von allen.
Ach du Groetse.
Goethe Krütze.
Die Groethse, Krätzen Goethen Krütze. Jetzt im Handel.
Oder ich bin die neuste Sängerin, weil das letzte ja ein Lied war.

Wenn ich geh, weiß ich, dass ich die Sonne seh.

Voll die LUMARA. Oder war es LUMARAA? Da hatte sie doch mal ein ganzes Lied zu ihrem Namen gemacht oder ihn zumindest Buchstabiert. Keine Ahnung mehr. Ich glaube es war nur ein A am Schluss.

Aber mir gefällt dieses Abschiedslied Lied. Hör ich mir bestimmt bei oder zu meinem Selbstmord an, auch wenn es eigentlich nicht um Selbstmord in dem Lied geht.

Ich sollte ein Abschiedslied Lied schreiben, in dem es um Selbstmord geht.

Das ist mein Abschiedslied, denn ich hab abgeschlossen
Ich hab versucht mich Jahrelang durch all den Scheiß zu
boxen
Doch das ist nicht mein Ziel
Ich wollte anders sein
Schon in der Schule wollt ich nicht wie all die ander'n sein
Was hab ich falsch gemacht?
Was tun sie mir da an?
Ich wollt nur Freunde, keine Hater man!
Doch jetzt seht mich nur an
Beschmirrt mit Scheiße und die Scheißer schrei'n
Ich hab zu viel geseh'n

Ich hab zu viel gehört
Mein Schmerz brennt und ist dennoch lang nicht
ausgebrannt
Ich wünscht es wäre anders
Doch was bringt es jetzt
Ich geh
Macht es besser
Mach es besser
Diese Welt ist nicht recht
Und wer es nicht versteht, der soll die Fresse halten
Denn ich geh jetzt dahin wo das warme Licht brennt
Diese Eiswüste tut mir nichts mehr an
Werde fliegen wie ein Vogel
Seht mich steigen in den Himmel
Keine Sorge, ich warte darauf bis auch ihr brennt
Denn die Hölle wartet schon
Mir kommen Flügel und euch der Tod
Sehe euch in die Hölle fall'n, während ich noch zu den
Wolken steig.
Und wenn ich geh weiß ich dass ich die Sonne sehe
Und wenn mich keiner hier versteht,
das hier ist der Weg, den ich jetzt geh
Und endlich wird alles wahr
Und jeder Regen ist vorbei,
all der Schnee und all der Sturm
Dieses Abschiedslied.

Ich müsste es nur noch ein wenig mehr zu Lumara ihrer Melodie passend machen und den Liedtext noch ein wenig mehr von den passenden Stellen abgucken. Dann sollte es gehen. Werde ich auf jeden Fall in Anspruch nehmen.

Und der Weihnachtsmann und der Weihnachtsmann,
Der hat sich verbrannt.
Im Stur durch den Schornstein, der brannte ganz hell.
Und der Weihnachtsmann
und der Weihnachtsmann,
der hat sich verbrannt.
(Und ist nun ein toter Mann
So ewig geschlafen zur ewigen Ruh
Muss sich nicht mehr kümmern
Um Geschenke und Schuh
-Und auch nicht um seine Einäscherung-
So böse Gedanken und noch böser dazu
Das Kindlein im Herzen
Wird wärmer ihm nun
-Denn der Weihnachtsmann brennt bestimmt gut und
lang, bei seinem dicken Bauch und dem langen Bart-
Sieht fröhlich die Flamme und
Fröhlich den Klang -der Schreie-
Und nun ist's getan)

Ich könnte mit dem ganzen Zeug sicher ein kleines Büchlein füllen. Müsste ich nur noch Leute finden, die es auch kaufen (oder es überhaupt lesen) würden, ohne mich im Anschluss zu verklagen oder zumindest einen immensen Hass gegen mich zu entwickeln.

Es gibt einfach zu viele Leute, die Weihnachten über alles lieben (warum auch immer -Vielleicht ja wegen den Geschenken?-) und ihr Haus deswegen auch wie ein einziges Feuer, als Lichterbraum mit Lichterbaum erstrahlen zu lassen.

Besonders die Amis sind da eine ganz besondere Form von Wahn. Ich will nicht wissen, was die am Ende immer für Stromkosten haben müssen. Durchgeknallte Leute.

Es ist immerhin nur ein einfaches Fest, bei dem es nicht viel zu feiern gibt. Immerhin ist die ganze Familie da. Und Familie hasst sich doch immer. Oder etwa nicht? Ist das etwa nur bei mir so? Ich würde es denke mal schon als ein wenig traurig empfinden, wenn es wirklich so wäre.

Allein, allein
Allein, allein
In meinem Herzen, meiner Familie und der Welt
Bin schon so oft gefallen und ein Laster gleich noch drauf.
Seh die Welt von so weit unten
Meine Hoffnung ist verbrannt
Seh immer wieder runter
Suche mir noch einen Halt
Doch den Halt, den gibt es nicht
Knall mit Gesicht, auf den Tisch
Mein Herz entzwei, wenn ich denn eins hätte
Tot geboren, bin ich jetzt

Und so weiter und sofort. Mir ist im Unterricht immer zu langweilig. Viel zu langweilig.

Denn der Unterricht ist Scheißeee
Scheiße
Scheißeeeee~
Er ist Scheißeeeee~

Wenn meine Deutschlehrerin das sehen würde, dann wäre ich jetzt sicher im Krankenhaus und die anderen Lehrer müssten sie versuchen von den Schülern fernzuhalten, während Dampf aus ihrem roten Ohren - und ihrem hochroten Tomatenreifen Kopf - käme und die Schüler sich Popcorn - das sie vielleicht auch einfach direkt an der Lehrerin Poppen lassen könnten - und Pizza besorgen würden. Und das nur, weil ich so einen Scheiß von ihren allerliebsten Dichtern geschrieben habe - und sicher auch wegen den anderen Sachen, die ich mir zusammengereimt und zusammengestellt habe -, der sie wohl genauso zu der Weißglut treiben würde, wie es der Weihnachtsmann am Ende auch war (also der Weihnachtsmann ist am Ende die Weißglut, falls es grade jemand nicht verstanden hat -ich weiß, ich bin unglaublich witzig) unwichtig und auch unwitzig. Aber: EGAL! Du hattest mich bei dem: HALTS MAUL, SONST WERDE ICH DIR DEINE STIMMBÄNDER RAUSREISSEN, DICH AN IHNEN AUFHÄNGEN UND HOFFEN, DASS DU DARAN AN EINEM GENICKBRUCH ERLEIDEST!).

Schöner Gedanke. Sollte ich vielleicht doch mal in Erwägung ziehen (Also meine Lehrerin zur Weißglut zu treiben. Wobei das Sterben sich auch nach einem guten Plan anhört, den ichdefinitiv schon mehrfach in Erwägung gezogen habe und auch immer noch weiter in Erwägung ziehen werde).

Ein breites Grinsen hat sicher gerade Einzug auf meinem Gesicht gehalten (wegen dem lustigen Teil, also dem unlustigen Teil, so wie eigentlich alles an mir unlustig ist, schon immer war und auch immer sein wird, bis zum Zeitpunkt meines Todes). Wahrscheinlich sogar so breit, dass man diese seltsamen Horrormasken mit mir verwechseln könnte.

Hatten die von *the purch* oder *church* (? Oder wie auch immer das heißt und geschrieben wird) nicht auch solche Masken? Egal!

Ich bin so in Gedanken versunken, dass ich den Schulschluss fast verpasse. Schnell packe ich meine Sachen zusammen und laufe zu meinem Schließfach. Ich hatte schon beinahe mein unwohles Gefühl vergessen, aber nach dem Unterricht, hat sich mein unwohles Gefühl bewahrheitet.

Ich bringe meine Sachen in mein Schließfach. Wie immer werfe ich alles nur rein und schlage die Tür schnell zu, damit nichts rausfallen kann. Ich nehme höchstens meine Hefter mit, aber Arbeitshefte und Bücher nie, außer ich brauche sie für eine Hausaufgaben.

Ich hasse Hausaufgaben. Da muss man seine Zeit bereits völlig für die Schule verschwenden, die uns eh nichts Ordentliches im Leben beibringt, müssen wir auch noch unsere restliche Freizeit für opfern.

Die Sonne scheint, es ist ein warmer Tag.

Bald sind Ferien, solange werde ich die ganze Scheiße wohl noch durchhalten.

Denke ich mir zumindest.

Einige Meter weiter.

Und dann noch etwas.

Bis ich am Bus vorbeilaufe und ...

Eine Hand drückt sich so fest auf meinen Mund, dass ich mir ausversehen in die Lippe beiße. Sofort schmecke ich etwas Metallisches auf meiner Zunge. Ich hasse den Geschmack von Blut.

Ich schlinge meine Hände um den zur Hand dazugehörigen Arm und versuche ihn wegzubekommen, doch all meine Versuche lassen ihn nur lachen. Der andere Arm schließt sich um mich und ich werde hinter das Bushäuschen gezogen, wo uns niemand sehen kann.

Meine Augen weiten sich, als ich mit so einer Wucht gegen die Rückwand von dem Teil geschlagen werde, dass ich schon beinahe die Befürchtung bekomme, dass meine Wirbelsäule, wenn nicht sogar meine ganze Rückenknochen, zerbrechen könnte. Der Arm um mich hat sich dabei entfernt, doch die Hand auf meinem Mund hat nur noch doller zugedrückt.

Der Geschmack von Blut. Ekelhaft. Andere mögen diesen Geschmack vielleicht (diese Vampire!), doch ich fand ihn schon immer ekelhaft.

Mein Kopf schlug ebenfalls hart auf, weswegen ich im ersten Moment, in dem ich meine Augen öffne, nur schwarze Punkte sehen kann. Doch dann normalisiert sich meine Sicht wieder und ich sehe, wer mich da, mit festem Griff, gegen die Wand drückt.

Diese Arschviehchtas! Na die soll'n noch se'e, was se 'von ham!

Ich will was sagen, mich beschweren, diese Arschviehcher anschreien und ihnen ins Gesicht hämmern, was sie sind, doch nicht mal ein gedämpfter Laut kommt durch die dicke Pranke, von diesem dicken Kerl.

Ist man die eine Gruppe Arschgeigen los, kommt die nächste an.

„Ohho, seht euch doch einer mal ihren Blick an! Ach, wie gefährlich sie doch schaut." Der Miniboss hat eine ganz schön große Fresse, für seine Größe. Die kleinsten Hunde, bellen eben am lautesten.

Die anderen Kerle lachen, natürlich, so lachhaft wie sie selber sind, zu diesem unlustigen *Witz*. Ich kann das nicht als Witz ansehen, nur ein dummer Versuch, sein Miniego - so Mini wie er selbst - aufzustocken.

Sei mal lieber still, Zwerg, sonst zeige ich dir gleich, was gefährlich ist.

Ich gucke ihn noch etwas intensiver an. In einem Film würde man jetzt sicher Feuer in meinen Augen sehen. Ein großes loderndes, an dem er sich jeden Augenblick mit seinen Provokationen verbrennen könnte.

Und dann kommt, was kommen musste: eine letzte Provokation, die das Fass zum Überlaufen bringt.

Ich gehe auf ihn los und schlage wild auf ihn ein. Eine wilde Prügelei entsteht, bei der mehr als nur Fetzen fliegen. Einem der Kerle habe ich so dolle auf seine Nase geschlagen, dass ich ein Brechen hören kann und das Blut nur so zu fließen und fliegen beginnt. Von irgendeinem der Kerle kann ich auch einen Zahn fliegen sehen, an dem er fast erstickt wäre. So freundlich wie ich bin, habe ich ihn volle Kanne auf den Bauch geschlagen, dass er rausgeschossen kommt. Dran ersticken soll er ja nun auch nicht dran. Als Dank dafür bekomme ich einen harten Schlag auf meinen Hinterkopf.

Ein lautes Geräusch des Entsetzens entflieht aus meiner Kehle. Ein gewaltiger Schlag, der mit einem gewaltigen Schmerz kommt.

Langsam taumele ich von dem Kerl weg, dem ich eben

177

noch einen Schlag in seinen dicken Wanst verpasst habe.

„Du scheiß Bitch!", kommt es von dem Blut ausspuckenden Kerl, dem vorne nun ein Zahn fehlt. Er scheint laut zu sprechen, aber ich nehme ihn kaum war, der Schlag war einfach zu dolle.

Meine Hände verkrampften sich.

Als nächstes kommt ein Stoß, der mich zu Boden fallen lässt.

Ich versuche mich abzufangen, durch die Verkrampfung in meinen Händen - mit denen ich mich ganz offensichtlich abzufangen versuche (Mit was auch sonst?) -, entsteht beim Aufkommen ein entsetzlich stechender Schmerz. Ich muss tief einatmen - was eher ein Sog, als wirkliches Atmen ist -, um es irgendwie wieder loszuwerden.

Verwirrt drehe ich meinen Kopf zur Seite, um besser erkennen zu können, wer das ist. Der Zwergen-Oberidioten-Boss. Wer denn sonst?

Ich kann gar nicht so schnell reagieren - außer meine Augen weit aufzureißen und zu versuchen, mich wegzudrehen - da sehe ich bereits seinen Hasserfüllten Blick und seinen Fuß, der ganz schnell meinem Gesicht näherkommt.

Doch da ist er bereits und der Schmerz mit ihm, wie es schon kurz zuvor der Fall war. Ich war in diesem Moment einfach zu langsam und benommen. Und jetzt bin ich es noch viel mehr.

Verdammte Scheiße!

Die sollen sich gefälligst von hier verpissen!

Diese verdammten Arschlöcher!

Mit meiner letzten Kraft, sehe ich die Kerle hasserfüllt

an. Ich kann ihre grinsenden Gesichter sehen. Sie sind das letzte, was ich sehe, ehe ich nichts mehr sehen kann.

Ohnmachtsanfall.

Ich werde wohl erst wieder wach werden, wenn es zu dämmert beginnen wird oder wenn es bereits tiefste Nacht ist.

Meine Wahrnehmung ist tot, so wie ich es auch bald sein werde.

Epilog

Sterben macht Angst,
Aber mir macht Leben Angst

Wenn wir lachen, stirbt irgendwo ein
Problem
-Unbekannt

***

Heute - jetzt
einige Augenblicke lang

heraustreten aus dem Trott,
aus der Hetze, aus der Jagd,

einige Minuten lang
bewusst schauen,
meinen Blick ruhen lassen

ohne Wertung,
ohne Urteil,
ohne Eile.

Ein Gedicht von Petra Würth und ich denke mir und zusätzlich:

Und ich falle,
Und ich falle

Verlassen diese Eile,
Verlassen diese Hast,

Geschieden von den allen,
Verloren in meim Grab.

Verloren nun für immer,
Sie kotzen auf mein Grab.

(Ich pisse auf sie nieder,
Vom Himmel aus hinab)

***

Warmes Bett. Kalter Tag.

Der Wecker klingelt und sobald ich meinen Arm hebe, um ihn auszuschalten, spüre ich am ganzen Körper, die Schmerzen, vom vergangenen Tag.

Ich stehe aus meinem Bett auf. Wobei es zumindest so wäre, wenn ich in meinem Bett liegen würde. Denn ich liege immer noch auf dem Boden, ganz nahe der Bushaltestelle.

Den Schmerz spüre ich allerdings klar und deutlich. Und der Wecker dröhnt in meinem Kopf.

Wenn wir tiefgründige Dinge über das Leben hören, dann denken wir uns: *Stimmt. Ich sollte anfangen, mein Leben richtig zu leben, ohne später etwas davon bereuen zu müssen.* Und dann vergessen wir es wieder spätestens nach einem Tag.

Alle denken so, dass wenn man stirbt, alles vorbei ist. Daher haben die meisten auch Angst davor.

Aber was ist, wenn wir sterben und einfach nur ein neues Leben beginnen oder unser Leben einfach noch einmal leben? Was wenn eigentlich der Tod der Anfang ist und das Leben das Ende? Vielleicht haben wir ja deswegen manchmal dieses Déjà-vu Gefühl. Oder was ist, wenn wir eigentlich Angst vor dem Leben und nicht vor dem Tod haben? Was, wenn wir bereits tot sind und es einfach nur nicht wissen.

Leben soll doch angeblich was Tolles sein, hier ist alles aber nur scheiße.

Ich werde es herausfinden.

Heute.

Jetzt.

Ich gehe nicht zur Schule. Ich gehe zu der Brücke und dann springe ich. Ich habe keine Lust mehr auf die ganze Scheiße. Das war jetzt einfach zu viel. Auf noch mehr davon habe ich keine Lust.

● ● ●

Der Abgrund ist tief. Sehr tief.

Gut. So soll es sein. Ich will ja nicht ausversehen überleben. Ich will nur an einem anderen Ort sein.

Ich will weg von hier.

Weg von alldem.

Die kaum Schmerz durchleiden mussten sind schwach und dir viel durchmachen mussten, sind stark. Ich bin schwach, ich musste nicht so viel durchleben, wie es bei Madlen der Fall war. Daher bin auch ich die, die sterben wird und nicht sie.

Nur die Stärksten überleben.

Ich gehe an das Gitter der Brücke. Ich muss nur drüber klettern und mich fallen lassen, dann ist es aus.

„Tu es nicht!", kann ich jemandem schreien hören.

Ich drehe mich zu der Stimme um. Es ist der Oberidiot.

Wie kommt er dazu? Wie hat er mich bemerkt? Woher weiß er, dass ich hier bin? Was macht er überhaupt hier? Wie? Was? Warum? Wozu? Millionen Fragen gehen mir durch meinen Kopf.

„Was interessiert es dich?"

„Weil ich auch daran schuld bin. Ich will nicht, dass sich jemand wegen mir umbringt. Mach es nicht, das könnte. Ich nicht verkraften."

Also geht es hier wieder nur um das eigene Interesse und nicht um das, was die Person vor einem empfindet.

„Nein."

„Nein?"

Verwirrt zu verzweifelt. Lustig. So leicht kommt man in die Machtposition. Man muss sich nur umbringen wollen. Und das Ego der anderen muss sich wieder behaupten.

„Du hättest dir das vor all dem überlegen müssen."

„Ja, ich weiß. Ich tu sowas auch nie wieder!"

„Das hoffe ich sehr, wirklich ... aber für mich ist es zu spät.

Tschüss."

Und ich lasse mich fallen.

Und dann bin ich weg.

Nachwort

Ein Buch, das mir aus der Seele spricht.

Dieses Buch ist mit vielen Einflüssen aus meinem Leben entstanden.

So bin ich beispielsweise in Ungarn wirklich beinahe ertrunken und habe genau beschrieben, was damals war.

Eine Freundin von mir (der dieses Buch gewidmet ist), hat ebenfalls gemeint, dass sie gut findet, wenn ich nur meinen Freunden mein Lächeln zeige. „So bleibt es etwas Besonderes."

Das mit der Selbstverletzung ist ebenfalls genauso geschehen. Einmal habe ich mich sogar wirklich mit einem Messer geschnitten. Aber wenn sowas war, dann habe ich mir meistens nur Stifte in die Hand oder den Arm gestochen. Plastestücken habe ich aber auch schon benutzt gehabt. Meine Gefühle und was da geschehen ist, habe ich also auch aus meinen Erlebnissen rausgeschrieben.

Auch familiäre Situationen und dergleichen habe ich mir als Beispiel genommen.

Ich habe auch ein Buch mit dem Namen „Wie ich meinen Selbstmord plante" angefangen zu schreiben.

Habe es jedoch abgebrochen. Mit hoher Wahrscheinlichkeit werde ich es noch als Anhang in einem Buch von mir veröffentlichen. Das werde ich jedoch in einer Biografie tun und nicht in einem Roman.

Das mit dem 10-Minutenwecker und dass ich meine Sachen im Bett anziehe und vorher noch anwärme, das stimmt so auch. Ich mache das immer. Und das mit dem Essen stimmt auch. Ich bin sehr vergesslich oder habe früh am Morgen keine Lust mir noch extra Zeit dafür zu nehmen, Frühstück zu machen.

Es kann also davon ausgegangen werden, dass dieses Buch eine halbe Biografie von mir ist, nur in einem Roman verpackt. Ich habe mir auch viel aus meinem Leben zum Beispiel genommen, weil mir das Schreiben so leichter gefallen ist und um es realistischer zu machen.

Bei einer Tanzschule war ich aber zum Beispiel nie. Im Kindergarten war ich mit vier/fünf Jahren allerdings mal in der Musikschule.

Als ich mal die Kerle gefragt hatte, warum die zu mir so sind, haben die wirklich gemeint: „Weil du hässlich und scheiße bist." Da dachte ich mir auch erstmal, dass man das jetzt nicht gerade als Begründung benutzen kann, besonders, wenn man mal bedenkt, wie die so drauf waren. Diese Absurdität wollte ich hier auch mit einbauen.

Noch etwas, was ich schon beinahe vergessen hätte, aber mir nach dem schreiben dieser Szene wieder eingefallen ist: Ich war mal mit einer Freundin unterwegs und noch einer von ihr. Wir sind rumgelaufen, haben

normal miteinander geredet und sogar etwas Spaß miteinander gehabt. Später kamen wir bei einem Jugendclub an, wo besagte Freundin hin wollte, weil ihr ihre Füße wehgetan hatten. Da waren allerdings auch die Kerle, die mich nicht leiden konnten (zumindest ein Teil davon) aber auch Leute, mit denen ich absolut nichts zutun hatte. Besagter Kerl hat dann angefangen mich mit Pokerchips zu bewerfen, die anderen (Leute die mich wie geschrieben nicht kannten) haben dann angefangen mitzumachen, erst die Chips, dann Stifte, Flaschen, Bälle. Meine Freundin hat nichts dagegen unternommen (außer mich festzuhalten, wenn ich mich zur Wehr setzen wollte), gehen wollte sie auch nicht, weil sie ja ihr Handy laden wollte und ihr ihre Füße so unglaublich wehtaten. Ihre Freundin hatte dann mitgemacht, obwohl sie zuvor noch mit mir Spaß hatte. Sie sagte noch, wie gut ich ja zeichnen könnte (ich hatte nämlich Unterwegs noch einen Baum gezeichnet). Mein Zeichenheft hat sie mir dann weggenommen, ist mit den Jungs weggerannt und hat es abgefackelt. Meine Freundin hat sich nur darüber beschwert, dass sie da ja hinterher sollte und was dagegen unternehmen sollte. Am Ende war es abgefackelt, auf die dicke Restpappe haben sie mir noch geschrieben: *du olle Fotze stinkst nach Kot*
Ein benutzter Teller wurde mir mit der benutzten Seite auf den Kopf gelegt, mein Stift hinter ein Sofa geworfen, damit ich nicht mehr drankam, heimlich wurden Bilder von mir gemacht -auch wenn sie das Gegenteil behauptet hatten und sich dann wieder bei mir beschwert und mich

beleidigt hatten. Eine Zeit an die ich ungerne zurückdenke. Irgendwann war meine Freundin dann mal so gut mit mir zu gehen, denn ich bin gegangen -länger wollte ich da nicht mehr bleiben, ob mit oder ohne ihr. Danach tat sie so, als wäre nichts gewesen und wollte mit mir noch ein wenig rumlaufen. Doch ich habe nicht mehr mit ihr gesprochen und bin einfach gegangen -zurück nach Hause, durch den Wald. Ich dachte mir damals noch, wenn es jetzt regnet, dann fühlt die Natur meine Stimmung und dass ich meine Tränen dann nicht verbergen müsste. Also nochmal kurzgesagt: Mir wurde kein Buch abgefackelt, sondern nur mein Zeichenheft. (Am nächsten Tag in der Schule, rief der Zwergenidiot zu mir durch den Raum, ob ich denn immer noch Pokerchips klauen würde und ob ich noch welche von diesen hätte.)

Das mit der seltsamen Lehrerin und was da passiert ist (und auch das mit dem Cousin -der hatte mich dann von seinem jüngeren Cousin weggezogen und gegen die Wand gedrückt) stimmt auch alles so. Allerdings wurde ich von vier Mädchen ins Bad gebracht, mit denen ich mich gut und sehr gut verstanden habe (eben Schulfreundinnen und darunter die heilige, gewidmete Person). Die Direktorin bei uns war auch so eine spezielle Person … Niemand konnte sie leiden, nicht mal die Lehrerinnen und die wenigen 3 (am Ende 4) Lehrer. Also dass ausgerechnet die aus dem Klo kam, war wohl die größte Niete, die ich hätte ziehen können (zusätzlich noch, dass meine Schwester an dem Tag nicht in der Schule war (Hannah, solltest du das mal lesen, nochmal danke, dass du sie damals extra im ganzen Schulgebäude gesucht hast)). Das nach dem Schulschluss und die Zwillinge sind wiederum etwas erfundenes.

Ich vergesse auch ständig zu trinken. Dass ist teilweise so schlimm, dass ich mal zwei, drei Tage nichts trinke und es mir meistens dann nur auffällt, weil meine Niere anfangen wehzutun.

Ich mag diese Figur aus diesem Buch schon, aber wir sehen uns in manchen Dingen zu verschieden. Ich hasse zum Beispiel Tee. Und klar mache ich mir um einiges Gedanken, aber sie erfüllt ihr Leben schon beinahe damit. Auch wenn es natürlich meine Absicht war, einen kritisch denkenden Charakter zu erschaffen. Aber ich stimme mit ein paar Dingen, die sie denkt auch nicht wirklich überein. Aber das ist ja etwas Normales, nicht immer mit jemanden übereinzustimmen. Ist ja auch völlig in Ordnung, wäre ja sonst langweilig.

Aber die hat ja letztens lieber gesagt, dass ich das Ergebnis einer unglücklichen Ehe bin. Auf meine Frage, warum sie es nicht ist, hatte sie nur geantwortet: „Weil ich das Ergebnis einer unglücklichen Beziehung bin.", ist ein Zitat meiner Schwester, welches ich recht lustig fand. Aber ich dachte mir, wenn ich das hier als etwas tragisches einbauen würde, dann würde es sicher ganz gut in dieses Buch passen.

Dieses Buch hat mich manchmal schon ein paar Nerven gekostet -in vielerlei Hinsicht. Aber umso glücklicher bin ich, fertig zu sein und das Ergebnis zu sehen.

Danksagung

Ich danke allen, die sich dieses Buch zur Hand genommen und gelesen haben.

Ich danke dir, Gini, ohne dich wäre ich bestimmt nicht so weit gekommen.

Ich danke meiner Schwester, die immer ein offenes Ohr für mich hat.

Ich danke meiner Mutter, dass sie mir das Leben geschenkt hat.

Ich danke meinem Vater, der mir das Zeichnen und Malen nahegebracht hat und einem immer wieder neuen Blödsinn vor Augen führt, über den man lachen kann.

Ich danke Alia, dass sie mit mir einen Traumverfolgt, den wir uns erfüllen wollen.

Instagram: YUMIAKAYA
YouTube: YUMIAKAYA
Wattpad: YUMIAKAYA